L'Œuvre d'une nuit de mai

Elizabeth Gaskell

Hachette, Paris, 1875

Copyright © 2024, Elizabeth Gaskell
Édition : BoD – Books on Demand, info@bod.fr
Impression : BoD – Books on Demand,
In de Tarpen 42, Norderstedt (Allemagne)
Impression à la demande
ISBN : 978-2-3225-4283-3
Dépôt légal : juillet 2024

L'ŒUVRE
D'UNE NUIT DE MAI

I

Dans certaine ville de certain comté vivait, il y a quelque quarante ans, un jurisconsulte nommé Wilkins. Il y exerçait cette profession spéciale qui est désignée sous le nom de *conveyancing attorney*. C'est un peu l'avoué, un peu le notaire, un peu l'avocat consultant, bref, un légiste à tout faire qui cumule les bénéfices de plusieurs spécialités ailleurs distinctes. Le comté n'était point fort étendu, la ville ne comptait guère plus de quatre mille habitants, mais comme la clientèle de M. Wilkins se recrutait, dans un rayon de vingt milles, chez presque toutes les familles nobles, son cabinet, fondé par son grand-père, amélioré par son père, lui donnait d'assez amples produits, et le plaçait sur un très-bon pied de confiance amicale vis-à-vis des principaux personnages du pays. Sans être positivement des

3

leurs, il était trop avant dans les secrets de leur existence pour n'être pas accueilli chez eux, admis à leur table, — sans sa femme, cela va de soi, — et même invité à leurs chasses quand un hasard plus ou moins prémédité l'amenait, à cheval, sur le chemin de leurs meutes. N'allez pas supposer qu'il jouât le rôle de parasite ou de flatteur. Il avait son franc-parler et donnait hardiment les conseils les moins agréables, soit qu'il s'agît de conclure un mariage « disproportionné, » soit de revendiquer les droits d'un tenancier traité avec une injuste rigueur.

M. Wilkins eut un fils dont la naissance le combla de joie. Sans être personnellement ambitieux, il lui en eût coûté de voir passer en des mains étrangères un cabinet dont il savait mieux que personne apprécier les riches produits. Cette considération fit pencher la balance où il pesait les futures destinées de son fils Edward, et, après lui avoir donné une éducation tout aristocratique, il l'arrêta court, au sortir d'Éton, alors que le jeune homme s'attendait à suivre, sur les bancs de Cambridge ou d'Oxford, les nobles camarades avec lesquels jusqu'alors il avait marché de pair.

Toutes sortes de compensations lui furent offertes, quand, après avoir fait à Londres ses études légales, il fut rentré, non sans quelques regrets, dans l'étude paternelle. Il eut de beaux chevaux, et absolument carte blanche pour la satisfaction de ses instincts littéraires Edward était, par nature, étranger aux vices qui dégradent ; ses penchants étaient ceux de l'homme du monde et le mettaient plutôt au-dessus qu'au niveau des plus orgueilleux clients de son père, pour lequel d'ailleurs il professait une respectueuse affection. Quant à sa mère, il l'avait perdue depuis longtemps.

Lorsqu'il fit ses débuts aux « assemblées » de Hamley, ces réunions, tant bien que mal imitées de celles que le grand monde patronnait à Londres, n'étaient pas tout à fait aussi exclusives que dans le principe. Et cependant, bien qu'il eût assisté, dans le cours de ses voyages sur le continent, à des bals autrement splendides que ceux de la vieille salle d'auberge où les magnats du comté se réunissaient pour danser à frais communs, il ne put se défendre d'une émotion dont il se moquait lui-même quand il dut affronter l'entrée de ce sanctuaire, à la porte duquel une foule d'absurdes préjugés faisaient bonne garde. Comment y serait reçu le fils de l'attorney Wilkins ? Quelle figure y ferait-il en présence du lord-lieutenant et d'une belle duchesse que, disait-on, ce représentant de la royauté devait y conduire ? On les attendit longtemps, on désespérait de les voir paraître, quand le *frou-frou* d'une robe de damas annonça l'arrivée de l'imposante dame et de sa nombreuse escorte. L'orchestre aussitôt s'arrêta, les danses furent suspendues ; un quadrille s'organisa sur nouveaux frais, où le respect dû à la duchesse ne permettait d'admettre que les gens de son entourage. Mais il se trouva que pour cette contredanse française (mode alors nouvelle) les figurants du sexe laid n'étaient pas en nombre suffisant. Il fallut convoquer l'arrière-ban, et le jeune Wilkins, qui dansait à merveille, fut requis l'un des premiers. La duchesse, remarquant sa bonne grâce, n'hésita pas à le désigner pour partner de la charmante lady Sophie, sa fille aînée, sans songer à s'informer de son origine plus ou moins plébéienne. À partir de ce moment, Edward se vit en grande faveur parmi les ladies de Hamley. Les mamans aussi le voyaient d'un bon œil, mais certains hobereaux n'en continuaient pas moins à se formaliser de ce qu'un intrus pareil était admis dans des réunions de gens comme il faut, et leurs fils, qu'Edward avait plus ou moins distancés à Éton, tant par le chiffre de ses dépenses que par celui de ses succès classiques, ne manquaient aucune occasion de le traiter, comme on dit, « par-dessus l'épaule », en lui faisant comprendre qu'ils le regardaient, par rapport à eux, comme un parvenu fourvoyé parmi ses supérieurs.

Tout ceci ne constituait pas une position agréable, et présageait en outre d'assez grandes difficultés pour le mariage auquel aspirerait tôt ou tard le fils de l'attorney. Il ne pouvait guère se dissimuler que la plus avenante de ses danseuses habituelles se regarderait en quelque sorte comme offensée s'il la conviait à venir régner dans son élégante maison ; — meublée, disons-le, avec plus de goût qu'aucun des châteaux voisins. Il le savait d'autant mieux qu'il avait déjà eu à supporter, à dévorer en silence, maint et maint déboire dont il ne pouvait guère tirer de représailles, si ce n'est en affichant un certain luxe par lequel il écrasait ses concurrents mieux doués que lui sous le rapport de la naissance. Qu'un cheval de prix fût mis en vente, il le leur enlevait sans pitié. Pas un d'eux n'avait un chenil mieux garni que le sien, et s'ils lui enviaient moins sa collection de tableaux, encore leur inspira-t-elle, connaisseurs insuffisants, ce respect que l'ignorance ne refuse guère aux objets qu'elle ne peut évaluer.

Ce fut dans ces circonstances qu'Edward s'éprit de miss Lamotte, et qu'il obtint sa main. Elle était sans fortune, mais personne ne pouvait lui contester une origine patricienne, le *baronetage* mentionnant Lettice, fille cadette de sir Mark Holster, née en 1772, mariée en 1799 à C. Lamotte, et décédée en 1810. Lettice Holster avait laissé deux jeunes enfants, garçon et fille, placés, à sa mort, sous la protection de leur oncle maternel, sir Frank Holster, attendu que leur père, dont jamais on ne prononçait le nom, avait disparu, mort ou vivant encore, du monde auquel appartenait sa femme. Sir Frank lui-même, — et personne ne le savait mieux que les Wilkins, — se trouvait dans une situation pécuniaire assez embarrassée. Il ne se montra pourtant pas fort enthousiasmé de l'union qui s'offrait pour sa nièce, et fit acheter son consentement par plus d'une impertinence, comme s'il n'eût pas dû s'estimer fort heureux d'établir d'une manière aussi convenable la fille d'un homme tel qu'était son beau-frère, — d'un misérable banni qui n'aurait pu reparaître dans sa patrie sans s'exposer à des poursuites immédiates, et probablement à une condamnation infamante.

Edward ressentit vivement ces insolents procédés, mais il en fut dédommagé par l'affection de sa femme qui se montra toujours fière de lui appartenir. S'il l'eût écoutée, il se serait séparé d'un monde où les préjugés lui étaient hostiles, pour se confiner dans les douceurs de la vie domestique, auprès de l'inaccessible foyer que tout bon Anglais sait transformer en château fort. Mais c'était peut-être demander beaucoup à un jeune homme d'humeur sociable, qui, malgré les dédains dont il était parfois la victime, se sentait capable de briller dans une sphère moins étroite. Edward voulut continuer à voir et à recevoir du monde. Recevoir, en ce temps-la, c'était donner à dîner. Le vin jouait un grand rôle dans ces réunions hospitalières. Edward, qui n'avait aucun goût spécial pour cette liqueur, n'en voulait pas moins la déguster en fin gourmet. Soit à la table des autres, soit à la sienne, il tenait à se montrer connaisseur. Il en eut bientôt la réputation, et sa femme, — s'étonnant toujours qu'il se trouvât à l'aise dans un monde dont la tolérance prenait volontiers le caractère d'une familiarité quelque peu dédaigneuse, — le vit, malgré tous les conseils qu'elle lui put donner à ce sujet, rechercher de plus en plus les stimulants sociaux dont il avait pris la périlleuse habitude. Il aimait à se rencontrer, chez les nobles du pays, avec les notabilités intellectuelles qui, de temps à autre, venaient s'asseoir à leur table : il aimait ces entretiens brillants où, lorsqu'un vin généreux avait enhardi sa verve, il déployait à leurs yeux les connaissances exceptionnelles dont il était fier. Il jouissait de l'étonnement dont ses éminents interlocuteurs étaient saisis en trouvant un vrai *dilettante*, presque un artiste, dans « ce bon Wilkins, l'attorney, » qui leur avait été présenté sans façons. Tout ceci l'entraînait à des dépenses qui dépassaient de plus en plus ses moyens, et que son père eût sagement prohibées ; mais l'honnête Wilkins était mort plein de jours, laissant ses affaires dans un état florissant, entouré du respect universel, et sans avoir pu pressentir le moindre nuage dans l'avenir prospère qui semblait promis à son fils et à sa bru.

Celle-ci s'alarmait déjà du train de vie que son mari lui imposait. Il la voulait parée aussi richement que les plus élégantes femmes du pays, et, prenant ce prétexte que les bijoux étaient interdits à des personnes de leur rang, la couvrait de dentelles aussi coûteuses que les diamants dont elle se privait si volontiers, et qui effectivement lui étaient inutiles, tant elle apportait dans le monde une distinction naturelle, une grâce, une dignité de bon aloi « fort extraordinaire, disaient ses rivales, chez la fille d'un aventurier français. » Pauvre Lettice ! faite pour le monde, elle le détestait de bon cœur, et le jour allait promptement venir où elle en serait pour jamais délivrée. Rien n'avait fait prévoir ce funeste dénoûment, lorsqu'un jour Edward fut brusquement rappelé de ses bureaux d'Hamley par la nouvelle que sa femme était prise d'un mal subit. Quand il arriva près d'elle, hors d'haleine et presque hors de sens, elle ne pouvait déjà plus parler. Lui-même ne trouvait pas la force d'articuler un seul mot. À genoux près d'elle, il vit, à un regard de ses beaux yeux noirs, qu'elle le reconnaissait, et qu'elle éprouvait encore pour lui, au moment suprême, cette tendre sollicitude dont avait toujours été empreint l'attachement qu'elle lui vouait. Elle mourut ainsi, sans qu'il se fût relevé. Ne sachant comment le tirer de sa torpeur immobile, ses gens lui apportèrent sa fille aînée Ellenor, qu'on avait gardée jusqu'à ce moment dans la *nursery*, pendant cette journée d'alarme et de désespoir. L'enfant n'avait aucune idée de la mort, et son père, qu'elle voyait immobile, agenouillé, la frappa bien moins que ce pâle visage de sa mère sur lequel, à sa vue, le sourire accoutumé ne se dessinait point. Se débarrassant, par un geste impétueux, de la personne qui l'amenait, elle courut jusqu'au lit, baisa sans aucun effroi les lèvres pâles et froides, sur la chevelure éparse et lustrée promena sa main caressante, prodigua pour la pauvre morte qui ne l'entendait plus les tendres appellations qu'elles échangeaient dans le secret de leurs longs tête-à-tête, et dans cette crise de tendresse mêlée d'effroi, manifesta un tel désordre d'esprit que son père, forcément arraché à sa douloureuse immobilité, la prit dans ses bras pour l'emporter au fond de son cabinet, où ils passèrent tous deux le reste de la journée. Personne ne répétera jamais ce qu'ils se dirent alors. Seulement la domestique chargée d'apporter le souper d'Ellenor revint annoncer, toute surprise, à ses camarades, que « monsieur faisait manger mademoiselle, comme si elle n'avait que six mois. » Ellenor avait à cette époque près de six ans.

II

Entre Ellenor et son père, cette soirée sembla créer un lien plus étroit et plus tendre. Elle partageait ses affections entre lui et une petite sœur au berceau ; mais pour lui, ce *baby* n'existait pour ainsi dire qu'en théorie, et tout son cœur appartenait à l'aînée de ses deux filles. Il la voulait sans cesse auprès de lui, et lorsqu'il dînait au logis, — en général assez tard — il la voulait assise à la place jadis occupée par Lettice, encore que l'enfant eût déjà pris dans la *nursery* son souper à heure fixe. C'était un spectacle à la fois amusant et triste que de voir siéger ainsi cette ménagère précoce, s'efforçant de garder le digne maintien, l'attitude composée d'une véritable maîtresse de maison, jusqu'au moment où sa petite tête s'affaissait, chargée de sommeil, entre deux propos bégayés avec un sérieux parfait. Les servantes du logis lui trouvaient « des airs de vieille » et avaient bâti là-dessus une sinistre prophétie qui la condamnait à mourir jeune. Prophétie menteuse comme tant d'autres. Au lieu d'Ellenor ce fut sa petite sœur vermeille, fraîche et rieuse jusque-là, qui, saisie tout à coup de convulsions nerveuses, disparut, comme sa pauvre mère, en vingt-quatre heures. Ce nouveau coup fut très-vivement ressenti par Ellenor, qui néanmoins contenait pendant le jour l'expression de sa douleur ; mais la nuit, lorsqu'elle pouvait se croire seule, elle rappelait avec un accent déchirant le *baby* disparu. Son père, frappé de cette douleur insolite, mit de côté toutes ses affaires pour se vouer à cette enfant, désormais son unique souci. Il eut pour elle une assiduité, des soins, des consolations toutes maternelles, et probablement lui sauva la vie. Aussi l'aima-t-elle désormais passionnément, et d'un amour si complet, si absolu, si ingénieux dans ses manifestations, qu'il ne put s'empêcher d'en tirer une espèce d'orgueil. Le matin, quand il s'éloignait, elle le suivait du regard, penchée à la fenêtre, aussi longtemps qu'il restait en vue : « Il reviendra ce soir, » se disait-elle ensuite, comme pour bannir une terreur secrète. Le soir, après avoir couché sa poupée, elle concentrait toute son attention sur les bruits de la route, et en était venue à discerner avant qui que ce fût le trot du cheval qui lui ramenait son père. — « Je n'entends rien, lui dit un soir sa nourrice, comme elle aux écoutes. — Je crois bien, répondit Ellenor, ce n'est point votre papa. »

M. Wilkins était jaloux de cette affection tout à fait hors ligne. Il voulait que sa fille lui dût tous ses plaisirs, et, par contre, écartait de ses relations avec elle tout ce qui l'eût forcé à la blâmer ou à la punir. Aussi eut-elle une gouvernante choisie par lady Holster, et acceptée sous condition qu'elle laisserait Ellenor présider au thé de chaque soir ; — et qu'elle ne chercherait pas à la rendre meilleure, attendu qu'on y perdrait son temps et sa peine. Miss Monro se trouva justement la personne la mieux adaptée à ce programme. Elle avait mené jusque-là une existence assez tourmentée, assez pénible, pour apprécier la tranquillité d'un rôle à peu près passif. Il lui paraissait fort doux de rester chez elle, le soir, à faire ses lectures ou sa correspondance, après avoir savouré sans la moindre gêne son thé solitaire, et cela lors même que M. Wilkins passait la soirée hors de chez lui, ce qui devint de plus en plus fréquent après que le temps eut effacé les premiers regrets du veuvage. En effet, de mieux en mieux venu aux meilleures tables du comté, le père d'Ellenor, reprit peu à peu ses habitudes de bon et joyeux convive, causeur brillant après boire. Il faisait de fréquents voyages à Londres, pour se tenir au courant de tout ce qui intéressait son intelligente curiosité : jamais il ne revenait de ses tournées dans la capitale sans rapporter à sa fille quelque nouveauté de toilette, quelque joujou à la mode.

Le seul personnage de sa classe avec lequel il eût conservé des rapports fréquents, le seul habitant de Hamley, qu'il traitât avec une véritable amitié, était un de ses camarades d'Université, en compagnie duquel, pendant les deux meilleures années de sa vie, il avait voyagé sur le continent. Ce digne ecclésiastique, nommé Ness, versé dans les études classiques, recevait de temps à autre dans son *vicarage* un ou deux jeunes gens qu'il préparait à leurs examens définitifs, et M. Wilkins ne manquait guère de les comprendre dans les invitations qu'il adressait à leur professeur. À l'époque où Ellenor venait d'atteindre sa quatorzième année, l'élève confié aux soins de M. Ness était un jeune homme du nom de Corbet, âgé de dix-huit ans, mais à qui sa maturité précoce en eût fait aisément donner vingt-cinq, tant il y avait de réflexion dans sa conduite et de sûreté dans ses jugements. Ses relations sociales, d'accord avec la volonté de ses parents, le portaient à chercher dans la profession du légiste un supplément à des revenus déjà fort honnêtes. Une plus haute ambition l'animait du reste, et sans viser au chimérique « sac de laine » qui peuple de futurs chanceliers les avenues du jeune barreau, il entrevoyait dans l'étude des lois le début d'une carrière politique, un acheminement à quelque siége parlementaire, le moyen de s'assurer plus tard une haute influence sur la destinée de ses contemporains. C'est dans ce but qu'il avait décidé son père a le placer sous la coûteuse tutelle de M. Ness, et que plus tard, insatiable de travail, il harcelait son professeur de mille et mille questions sur les thèses les plus ardues de la métaphysique légale. Ces fréquents tournois mettaient le maître et l'élève sur un certain pied d'égalité, mais ils n'en restaient pas moins très-différents l'un de l'autre : le premier demeurant un rêveur passablement indolent et dépourvu de toute ambition, tandis que le second demandait aux théories savantes, aux recherches de l'érudition, outre la satisfaction de ses appétits intellectuels, le relief et l'appui qu'elles pouvaient prêter à ses progrès dans le monde. Ellenor dînait habituellement de bonne heure, tête-à-tête avec miss Monro ; mais elle n'en présidait pas moins au repas du soir, quand M. Ness et M. Corbet venaient s'asseoir à la table de son père. Sa taille, ses traits à peine formés, la classaient encore parmi les enfants, dont elle avait aussi la simplicité ; mais elle était femme à certains égards, et par la force des affections et par l'énergie du caractère. Pendant que Ralph Corbet argumentait avec un zèle, une confiance juvénile, se rebellant contre les opinions reçues dont ses deux « anciens » volontiers se constituaient les champions, la jeune fille l'écoutait, attentive et silencieuse, se laissant parfois gagner par son enthousiasme, mais toute prête à s'irriter, si dans le feu du combat, il s'emportait à quelque attaque directe contre M. Wilkins. Pareilles provocations n'étaient jamais perdues, et M. Corbet ne les lui épargnait pas, car ces indignations enfantines, dont il avait pénétré le secret, l'amusaient au delà de tout.

Il la rencontrait presque tous les jours, à la même heure, et voici comment. Les deux amis achetaient le *Times* à frais communs, et M. Wilkins s'en étant réservé les prémices, Ellenor avait mission expresse de veiller à ce que le journal fût porté régulièrement au *vicarage*. M. Ness l'eût attendu patiemment, mais son nouveau disciple n'était pas, à beaucoup près, d'aussi bonne composition, et miss Ellenor le trouvait presque toujours dans le chemin fleuri qui menait de la porte de M. Wilkins à celle du révérend ministre. Au début, ces rencontres n'amenaient que l'échange rapide de quelques paroles banales ; mais la conversation se lia peu à peu, et il n'était pas rare que M. Corbet, raccompagnant la petite envoyée, revînt avec elle jusqu'au jardin dont elle prenait soin, pour lui donner quelques conseils d'horticulture écoutés avec une déférence toujours croissante. Ces conseils spéciaux s'étendirent par degrés à d'autres matières que le jardinage, Maître Ralph, volontiers sentencieux, y mêlait des leçons de bienséance, voire, au besoin, d'amicales gronderies que l'humilité naturelle d'Ellenor lui faisait accepter avec une sincère gratitude. Ils devinrent très-bon amis, mais sans qu'un sentiment plus tendre parût naître dans le cœur de la jeune fille. Il battait, ce cœur innocent, à l'heure du retour paternel, mais Ralph Corbet n'avait encore conquis aucun privilège de cet ordre, et sur les joues vermeilles de sa petite amie on n'aurait pu discerner une nuance de plus lorsqu'elle le voyait paraître, pas une de moins lorsqu'il s'éloignait d'elle.

Vers cette époque se manifestèrent aussi, d'abord peine aperçus, quelques symptômes avant-coureurs, qui présageaient au carnet Wilkins une décadence future. Les parties de chasse du patron n'avaient été d'abord que des distractions fortuites ; elles devinrent un passe-temps habituel. Il prit prétexte de la santé d'Ellenor pour louer, de compte à demi avec un de ses parents, une vaste lande en Écosse. L'année d'après, la chasse qu'il loua de moitié avec un étranger ne comportait aucune des commodités nécessaires à la vie en famille. Les voyages devinrent de plus en plus fréquents, et, sans parler de la dépense qu'ils occasionnaient, ils donnaient motif aux clients de « regretter que M. Wilkins fût si rarement à leur disposition. » Le bruit se répandit qu'un nouvel *attorney* allait venir lui faire concurrence, et qu'il serait patronné par deux ou trois familles influentes, lesquelles se plaignaient de ne pas trouver chez leur homme d'affaires attitré l'exactitude et la ponctualité auxquelles son père les avaient habituées. Sir Frank Holster, averti de ce projet, manda son neveu par alliance, et crut pouvoir lui adresser une verte semonce sur l'émulation insensée qui le poussait à mener la même vie que les grands propriétaires dont il était l'agent salarié. Edward Wilkins n'était pas sans quelques remords à ce sujet, et de tout autre eût peut-être accepté cette salutaire leçon ; mais il lui parut singulier d'avoir à la subir d'un homme presque insolvable, qui avait eu recours, mainte et mainte fois, à l'obligeance de son père et même à la sienne. Cette réflexion lui suggéra certaines vérités désobligeantes que sir Frank ne devait jamais lui pardonner, et qui le brouillèrent définitivement avec la famille de sa défunte femme. Leur querelle eut un double résultat. En premier lieu parut une annonce dans les journaux, par laquelle M. Wilkins offrait chez lui certains avantages à un premier clerc ayant fait preuve de capacité. En second lieu, M. Wilkins écrivit au collége héraldique, afin de s'informer si on ne pourrait pas établir sa parenté avec une famille du même nom, établie dans le sud du pays de Galles, les Wilkins de Wenton, qui ont repris depuis lors leur ancien titre. Ces deux demandes eurent leurs conséquences naturelles. Un praticien sur le retour de l'âge, recommandé par une des bonnes études de Londres, vint offrir sa collaboration qu'il fallut rétribuer largement, et le collège héraldique répondit qu'on ne désespérait pas d'établir l'affiliation généalogique désirée, à la condition de n'être pas arrêté, faute de fonds, dans les recherches nécessitées par une enquête si difficile. La vanité de notre attorney était en jeu, et ne recula pas devant un sacrifice relativement assez considérable. Le collége procéda donc, et rendit une décision conforme à la sollicitation du requérant, qui s'empressa d'acheter à Londres un élégant *brougham* sur les portières duquel s'étala, bruyamment émaillé, l'écusson des de Wenton. Généralement, il n'en coûte pas davantage, — et c'est bien assez, — pour se faire accepter, par le gros public, comme un noble de bon aloi. Mais à Hamley, où les Wilkins étaient connus de père en fils, cette petite manœuvre n'eut pas le moindre succès, et les nobles clients de l'ambitieux attorney se permirent toute sorte de gorges chaudes à propos de cette étrange velléité en matière d'armoiries.

M. Dunster, le nouveau clerc, était un individu paisible, aux dehors décents et doux, qu'on ne pouvait certes pas confondre avec un gentleman, mais qui n'avait rien de trop vulgaire. Ordinairement pensive, sa physionomie n'exprimait qu'une attention fortement concentrée sur l'objet quelconque dont il s'occupait, mais de temps à autre, au fin fond de leurs orbites, ses yeux lançaient des éclairs d'intelligence, promptement réprimés par une volonté puissante. À peine entré en fonctions, son premier soin fut de remettre dans un ordre parfait, — plus parfait même qu'au temps du vieux Wilkins, — les documents et les archives de l'étude. Son extrême ponctualité contraignit ensuite les autres clercs, sans qu'il eût à s'en expliquer formellement avec eux, à une exactitude dont ils s'étaient fort affranchis depuis quelques années. M. Wilkins lui-même se sentit comme intimidé par la régularité méthodique, l'application rigide dont on lui donnait ainsi l'exemple. Jamais, vis-à-vis de lui, M. Dunster ne se permettait la moindre observation, la moindre critique, mais ses airs désespérés, ses sourcils levés, ses lèvres pincées, à propos de la plus petite infraction aux us et coutumes du métier, troublaient son patron bien mieux qu'aucune censure explicite. Aussi ce dernier le prit-il par degrés en grande estime, et en respectueuse aversion. Plus il l'approuvait, moins il le pouvait souffrir. Ce visage austère, qui le rappelait à des devoirs odieux, lui devint profondément antipathique. La voix monotone, le débit officiellement scandé de son premier substitut lui portait sur les nerfs, et l'accent provincial qu'avait conservé ce clerc modèle, affectait péniblement la délicatesse de ses fibres auditives. Certain grand surtout vert dont M. Dunster s'affublait avec une héroïque persistance, était pour son patron un sujet d'ennui, dont il étudiait avec une sorte de plaisir puéril la décadence graduelle. Que devint ce plaisir, le jour où il découvrit que son subordonné, de par une perversité heureusement fort rare, portait chaque jour, — le dimanche y compris, — des vêtements de même couleur ? Fallait-il donc que ces habits ridicules, cet accent fâcheux, ces airs effarés et sournois appartinssent à un collaborateur irréprochable, — à un vrai trésor, comme le disait Wilkins lui-même, — à un précieux agent dont il fut démontré, en moins de six mois, que l'étude ne pouvait plus se passer ? Les clients en effet, écoutés, servis comme aux plus beaux jours, chantaient eux aussi les louanges de M. Dunster. Pour eux, il n'avait aucun des inconvénients que Wilkins trouvait si insupportables, et la netteté de ses avis, l'exactitude de ses réponses, la disponibilité permanente qu'ils trouvaient en lui, les rendaient absolument indifférents à la nuance vert-bouteille de son vieux surtout. Ils s'en moquaient bien moins que des armoiries peintes sur le *brougham* de maître Wilkins.

De tout ceci, Ellenor ne se doutait guère. Le nouveau clerc n'était pour elle qu'un être de raison. Son père chéri primait toujours, à ses yeux, le demeurant de la race humaine. Elle n'avait conscience que de ses brillantes qualités, de sa douceur, de ses charmants propos, de ses connaissances variées, de sa générosité inépuisable. Après lui, elle aimait surtout miss Monro, et parmi les domestiques de la maison, le cocher Dixon. Dixon était un grand gaillard, robuste encore malgré les premières atteintes de l'âge, et qui s'étant trouvé jadis le compagnon de jeux de l'enfant destinée à devenir ensuite sa jeune maîtresse, n'avait jamais complètement perdu la tradition et les privilèges de cette lointaine intimité. Serviteur favori, on lui passait des libertés de langage qui n'eussent été tolérées chez aucun autre, et miss Ellenor, habituée dès l'enfance à le trouver fort discret, lui faisait par-ci par-çà telle confidence dont aurait pu être jaloux M. Corbet, qu'elle affectionnait pourtant,... mais en seconde ligne et après Dixon. Ralph se doutait fort bien de cette préférence inavouée : il lui arriva même un jour, après plusieurs insinuations inutiles, de s'en plaindre ouvertement, ce qui lui attira une vaillante sortie de la terrible enfant. Elle était indignée qu'on voulût lui prescrire de traiter Dixon autrement qu'un vieil ami, et son jeune censeur regretta d'autant plus d'avoir ainsi encouru le déplaisir d'Ellenor, qu'il partait le lendemain même pour la résidence paternelle, d'où il devait quelques semaines plus tard, se rendre Cambridge. Il eût peut-être trouvé une certaine douceur consolante à la voir, quelques heures après son départ, se dérober à miss Monro — plongée dans l'étude de la langue espagnole, — pour venir pleurer tout à l'aise sous l'ombrage du petit bosquet de vieux arbres qui terminait assez gracieusement les plates-bandes du parterre. Ce n'était du reste qu'un passager accès de vague mélancolie, un regret fugitif accordé à l'absence du seul jeune homme qui jusqu'alors eût paru s'intéresser à elle. La même soirée d'août vit poindre et s'effacer ce nuage d'un moment. Dès le lendemain, le soleil reparut, tout aussi radieux, dans un ciel tout aussi calme que par le passé.

Un mot sur ces vieux arbres. — Ils plongeaient leurs racines dans un fragment de verte pelouse, au sol meuble et presque toujours humide. Quelques-unes se dessinant en relief sur l'épaisseur du gazon, formaient des compartiments dont chacun avait sa destination spéciale, et formaient comme les dépendances de l'appartement assigné à la poupée de la jeune miss, — le salon, le boudoir, la chambre à coucher, meublés ainsi que le prescrivait l'attribution de chaque pièce. M. Corbet, toujours un peu trop grave, voyait ces enfantillages avec une sorte de pitié dédaigneuse ; mais Dixon les prenait au sérieux, lui, et prêtait son concours à ces comédies enfantines comme s'il eût eu six ans au lieu de quarante. En même temps, nous devons le dire, il ne manquait jamais une occasion d'appuyer les bons conseils de Ralph Corbet, et, lorsque Ellenor se plaignait d'être sermonnée au delà de toute patience par ce magistrat en herbe, Dixon tâchait de lui faire comprendre la véritable portée de ces exhortations mal venues. « Soyez sûre, mademoiselle, lui disait-il, qu'on ne se permettrait pas de vous prêcher de la sorte si votre mère vivait encore, ou si votre père avait le loisir de veiller sur vous plus exactement… Mais il n'a plus de loisirs, ce pauvre homme, depuis que M. Dunster lui taille chaque jour une besogne nouvelle… On dirait qu'il est ici pour faire le malheur de son patron.

— Ah ! tenez, finit par s'écrier Ellenor avec son irréfrénable impétuosité, ne me parlez plus de M. Dunster ! Il m'est positivement odieux, et je compte ne pas lui adresser la parole quand mon père l'amènera dîner chez nous.

— À cet égard, comme à tout autre, repartit le cocher toujours prudent, mademoiselle fera, sans nul doute ce que monsieur croira devoir lui prescrire. »

III

L'été suivant revit encore M. Corbet chez son révérend professeur. Avec la meilleure volonté du monde, on n'aurait pu trouver grand changement chez notre précoce jeune homme. Mais Ellenor, elle, avait subi une complète métamorphose. À une petite fille dont les beaux yeux seuls présageaient quelque avenir, succédait une jeune *lady*, svelte, élancée, au maintien grave, aux rares sourires ; l'ivoire un peu terne de ses joues était maintenant une espèce de marbre incolore, il est vrai, mais d'un grain serré, d'un éclat enviable, sur lequel se dessinaient, quand elle daignait s'égayer, deux fossettes charmantes, que Théocrite eût comparées à deux nids de colombes. Ralph demeura confondu, tout d'abord, par une transformation si complète, opérée en moins d'une année. En l'étudiant plus à loisir, il entrevit, sous cette réserve d'emprunt, sous ces grands airs de femme faite, quelques vestiges de l'humeur indépendante, de l'indomptable vivacité qui était en quelque sorte l'essence et le fond caractéristique de cette riche et puissante nature. Fier de sa découverte que n'avaient faite, observateurs inattentifs, ni M. Wilkins, ni miss Monro, il se plut à évoquer des souvenirs presque effacés, se remémorer les tendances trop exactement réprimées, de cette enfance qui l'avait charmé. Cette imprudence le mena plus loin qu'il ne comptait, et avant la fin de l'été, nos deux jeunes gens se trouvaient fort épris l'un de l'autre, mais chacun a sa manière : Ellenor, avec l'ardeur presque passionnée qu'elle portait dans tous ses sentiments ; Ralph, de par un entraînement sur lequel la raison et le calcul ne devaient jamais cesser d'avoir prise. Personne autour d'eux ne se douta de ce résultat, d'autant plus facile à deviner, qu'il aurait dû se prévoir. Pour M. Wilkins, cette fillette qu'il berçait encore quelquefois sur ses genoux, n'était qu'une enfant sans conséquence. Miss Monro s'absorbait dans sa lutte avec le texte de *Don Quixote*. M. Ness, sur le point de publier un cent et unième commentaire des poëmes d'Horace, colligeait, de toute part ses notes inédites, et n'était pour ainsi dire plus de ce monde. Dixon, mieux que tout autre, eût pénétré le mystère, mais Ellenor, obéissant à l'instinct féminin, prenait grand soin d'isoler l'un de l'autre ses deux bons amis, qu'elle soupçonnait de ne s'aimer guère, et qu'elle voulait faire vivre en paix.

Rien n'était d'ailleurs changé aux habitudes quotidiennes de la jeune fille. Levée de bonne heure, elle jardinait jusqu'au déjeuner, où son père trouvait invariablement au bord de son assiette le bouquet encore mouillé de rosée qu'elle venait de lui cueillir. Après le thé, suivi de quelque causerie indifférente, à laquelle miss Monro ne prenait jamais qu'une part secondaire, M. Wilkins passait dans un petit cabinet de travail, ouvrant sur un passage qui existait, sur la gauche du vestibule, entre la cuisine et la salle à manger. En regard de celle-ci, de l'autre côté du vestibule, était le salon, dont une des fenêtres-portes donnait accès dans la serre ; par celle-ci on arrivait dans la bibliothèque, à laquelle M. Wilkins le père avait ajouté un retrait en hémicycle, couronné d'un dôme et recevant son jour par le haut. C'est là qu'étaient rassemblés les morceaux de sculpture que son fils avait achetés en Italie. Aucune autre pièce de la maison n'avait les agréments de celle-ci, et le salon lui-même, déserté pour elle, avait pris peu à peu la physionomie triste et maussade des pièces uniquement vouées à l'apparat. Le cabinet de M. Wilkins, de l'autre côté du logis, était aussi une construction récente, ajoutée après coup au reste du bâtiment. Un étroit couloir dallé, parti du vestibule, et sur lequel n'ouvrait aucune autre porte que celle d'entrée, y aboutissait en ligne droite. Ce cabinet hexagone était éclairé par une seule fenêtre, pratiquée sur l'une de ses six faces. Une seconde avait reçu le foyer. Restaient quatre côtés, dans lesquels quatre portes étaient pratiquées. Deux d'entre elles ont déjà été mentionnées plus haut. La troisième donnait au pied d'un petit escalier à vis, par lequel M. Wilkins montait directement dans sa chambre à coucher, située au-dessus de la salle à manger, et par la quatrième on débouchait dans un sentier traversant une espèce de pépinière, puis la cour des écuries, et finalement, par le plus court, gagnant une des rues d'Hamley, au bout de laquelle étaient situés l'étude et les bureaux de M. Wilkins. C'est par là qu'il allait à ses affaires, par là qu'il s'en retournait lorsqu'elles étaient terminées. Son cabinet

25

lui servait principalement de fumoir et de lieu de repos, bien qu'il le vantât surtout comme éminemment approprié à certaines conférences privées, que ses clients étaient parfois bien aises d'avoir avec lui et qu'ils voulaient mettre à l'abri de l'indiscrète curiosité des clercs. Ellenor y passait quelquefois avec lui une bonne partie de la matinée, occupée de mille soins ou de mille menus propos à l'issue desquels le père et la fille, bras dessus, bras dessous, passaient ensemble dans la cour des écuries, où ils visitaient l'une après l'autre chaque *box*, rassurant, caressant les chevaux farouches, distribuant du pain à leurs favoris, et bavardant avec Dixon dont ils envahissaient familièrement le domaine et les fonctions. De là notre jeune miss allait rejoindre miss Monro, et tant bien que mal, peu encouragée par l'indifférence paternelle, picorait çà et là quelques bribes d'un savoir que M. Wilkins regardait comme assez inutile. Pourvu que l'heureuse intelligence de sa fille, se développant par elle-même, la rendît une aimable compagne, et qu'elle sût l'amuser pendant les heures de loisir, il ne lui demandait compte d'aucune de ses études, il, ne s'intéressait à aucun de ses progrès. Vers midi, laissant là ses livres, Ellenor agitait avec miss Monro la question de savoir si ces dames feraient ou non la promenade inscrite sur leur programme quotidien. La gouvernante n'aimait guère la fatigue, la boue encore moins ; les chemins difficiles lui étaient odieux, et le moindre prétexte lui suffisait pour remettre au lendemain un plaisir essentiellement problématique. Son élève se prêtait avec un plaisir secret à ces ajournements réitérés qui la laissaient libre d'aller s'amuser seule au jardin, où elle attirait Dixon, par toute sorte de stratagèmes, pour lui faire exécuter sous ses yeux une multitude de menus travaux étrangers à sa mission domestique. Vers une heure le dîner des deux dames était servi, et la santé de miss Monro exigeait ensuite une heure de repos complet. Les leçons, reprises trois heures, duraient jusque cinq. Demi-heure après (temps consacré la toilette du soir) on servait le thé dans la salle d'études. Ellenor ensuite était censée préparer les leçons du jour suivant ; mais, en réalité, son attention était absorbée par le retour prochain de son père, dont elle guettait l'approche, l'oreille tendue au moindre bruit. M. Wilkins dînait à sept heures, du moins lorsqu'il dînait chez lui, ce qui ne lui arrivait guère que trois ou quatre fois par semaine, — et presque jamais il n'était seul à table. M. Ness venait très-fréquemment lui tenir compagnie, ou bien M. Corbet, lorsque ce dernier était à Hamley ; parfois un étranger, parfois un client. Bien rarement, et lorsqu'il le fallait pour ne pas trahir un éloignement trop accentué, il invitait M. Dunster. En pareille circonstance, les deux convives allaient presque immédiatement rejoindre Ellenor dans la bibliothèque. Tout au contraire, avec M. Ness ou n'importe quel autre, le maître de la maison prolongeait volontiers la séance, à la grande joie de ses hôtes, qui trouvaient le vin excellent, et dans le verre desquels l'amphitryon le versait sans aucune parcimonie.

M. Corbet, moins touché de cette dernière considération, laissait volontiers en tête-à-tête M. Ness et M. Wilkins, pour venir s'asseoir à côté d'Ellenor, occupée à quelque travail de broderie sous la surveillance passablement inerte de la bonne miss Monro, et celle-ci sentait sa responsabilité parfaitement à couvert, du moment où le père de son élève tolérait, encourageait les assiduités de l'avocat en herbe, qui la rassurait d'ailleurs par l'exacte retenue de ses propos. Ralph n'entretenait guère Ellenor que de ce qui se passait dans la maison paternelle. Il lui parlait de sa mère, de ses sœurs, de leurs façons de penser et de vivre. Il lui parlait d'elles comme de personnes qu'elle ne connaissait pas encore, mais dont infailliblement, un jour ou l'autre, elle se trouverait rapprochée. La jeune fille, attentive et soumise, acceptait ces pronostics implicites, et y donnait un acquiescement silencieux.

Un pas de plus restai à faire, et maître Ralph mit en délibération avec lui-même s'il était ou non à propos de se déclarer formellement avant de repartir pour Cambridge. Une certaine répugnance l'avait empêché jusqu'alors de s'adresser à M. Wilkins, ce qui était pourtant la démarche la plus naturelle, puisque la jeune fille dont il voulait solliciter la main n'avait guère plus de seize ans. Craignait-il donc de rencontrer quelque difficulté ? Rien de moins probable, car l'attorney semblait favoriser, autant que faire se pouvait, une intimité dont les résultats n'étaient point difficiles à prévoir. Mais, une fois la demande faite, il faudrait, de toute nécessité, que le père du jeune homme en reçût communication, et ce grave personnage pourrait bien regarder comme un enfantillage l'attachement de deux fiancés dont le plus âgé n'avait pas plus de vingt et un ans. Tout en protestant au dedans de lui contre toute imputation qui mettrait en doute la parfaite maturité de son jugement et la fermeté de ses décisions, Ralph voulut bien ajourner encore l'exécution d'un projet sur lequel il n'entendait plus revenir. En attendant, fallait-il le révéler à Ellenor ? Lui déclarerait-il l'intention où il était de la prendre pour femme ? Il y songea longtemps et se décida pour la négative, qui lui sembla plus prudente : « Si je m'explique, se disait-il, je n'ai à craindre ni un refus d'Ellenor, ni un repentir de ma part ; mais de deux choses l'une : — ou bien elle ira, comme elle le doit, tout rapporter a son père, et autant vaudrait m'adresser directement à ce dernier ; — ou bien elle me gardera le secret, ce dont je ne pourrai m'empêcher de la blâmer intérieurement. Mieux vaut se taire, à coup sûr. Je sais qu'elle m'aime : j'ai tout lieu de compter sur elle. Pourquoi devancer l'heure où ces sentiments pourront être avoués sans créer d'inutiles querelles, sans donner lieu à de vaines objections ? Je puis d'avance prévoir tout ce que l'orgueil de notre race trouvera d'humiliant à une alliance avec ces Wilkins, que leurs singulières prétentions n'ont pas encore égalé aux Plantagenet ; mais, Dieu merci, je suis au-dessus de ces préjugés surannés, et mon rôle de fils cadet me permet heureusement de ne pas me rabaisser en épousant la fille d'un riche attorney… »

Ce fut en vertu de ces raisonnements que Ralph partit sans avoir manifesté ses intentions matrimoniales. Ellenor ne s'inquiéta point de ce silence ; mais son père en fut quelque peu désappointé. Il s'attendait à quelques ouvertures du jeune homme, et, celles-ci manquante, à quelques confidences de sa fille, pour lesquelles il lui ménagea tout exprès un long tête-à-tête avec lui. Quand il se fut ainsi assuré qu'elle n'avait rien à lui dire, il éprouva peut-être un léger mouvement d'irritation ; mais, en optimiste qu'il était, n'apercevant aucun symptôme d'agitation ou de chagrin dans les propos de son enfant, — toujours aussi affectueuse, disons mieux, aussi tendre que par le passé, — il se rassura petit à petit, et sut même gré à leur jeune hôte de n'avoir pas prématurément déchiré, pour en hâter l'éclosion, le frêle bouton de cet amour qui semblait s'ignorer encore.

Ainsi se passèrent deux années de plus, sans amener aucun changement perceptible dans l'existence routinière dé la famille au sein de laquelle nous avons introduit nos lecteurs. Mais il en est du temps comme de ces corps de troupes qui, vus de loin, semblent immobiles et n'en avancent pas moins vers le but marqué d'avance à leurs manœuvres. On ne s'aperçoit de son influence fatale, toujours à l'œuvre, qu'au moment où ses menaces, longtemps inaperçues, se traduisent en effets immédiats. Ainsi en est-il pour vous qui me lisez, pour moi qui trace ces lignes ; ainsi en était-il pour M. Wilkins, chez lequel exerçaient à petit bruit leurs ravages ces habitudes que nous avons vues germer en lui, et qui prenaient insensiblement, sur cette nature peu résistante, une influence de plus en plus dominatrice. Chaque jour il laissait plus d'empire aux entraînements, aux distractions dont sa jeunesse n'avait pas été sevrée à temps. De ses penchants divers les moins nobles prenaient le dessus. Il achetait moins d'objets d'art, et payait ses chevaux beaucoup plus cher ; les satisfactions gastronomiques devenaient aussi plus importantes à ses yeux. Dans cette transformation graduelle, rien n'était assez excessif pour le mettre sur ses gardes et lui montrer un abîme se creusant sous ses pas. Au fait et au prendre, il ne faisait rien de plus ou de pis que ses pareils : seulement, en dehors des heures qu'il passait avec de joyeux compagnons, ceux-ci avaient une tâche à remplir et s'y consacraient tout entiers. Lourde ou légère, ils ne cherchaient point à éluder leur mission sociale, et, selon leurs lumières, la remplissaient dans l'intérêt commun, aussi bien le lieutenant de louveterie nettoyant les forêts de leurs animaux nuisibles, que le juge de paix réprimant le braconnage, ou M. Ness consultant un nouvel auteur classique. Wilkins seul, dégoûté de sa profession et renonçant à prendre sa part de la besogne commune, ne s'associait qu'aux plaisirs de ses voisins, nullement à leurs travaux, et, s'autorisant de cette supériorité intellectuelle qui donnait une valeur à ses loisirs, il l'énervait, il la diminuait par l'emploi toujours moins relevé de ces mêmes loisirs. Réduit, de plus, à se chercher sans cesse des excuses, il faussait peu à peu les inspirations d'une conscience importune. Par exemple, il se levait tard, et s'en prenait à M. Dunster de la physionomie effarée avec laquelle celui-ci lui annonçait que tel ou tel client des plus recommandables et des moins faits pour attendre, s'était retiré fort mécontent une heure après celle du rendez-vous convenu « Eh bien, que ne l'avez-vous reçu ? Vous savez aussi bien que moi ce qu'il y avait à lui répondre, » répliquait en pareil cas le négligent attorney, tâchant de conjurer, par cette flatterie indirecte, la censure de son rigide premier clerc. Et celui-ci ne manquait jamais de répliquer, avec une tranquillité désespérante, mais du ton le plus positif : « Cela se peut, monsieur, mais on n'aime pas toujours à causer de ses affaires les plus secrètes avec un simple subordonné. »

C'était là une suggestion indirecte, qui, le temps et la paresse aidant, se fraya chemin parmi les combinaisons de M. Wilkins. L'idée de s'associer Dunster, — et d'abdiquer ainsi une bonne portion d'une responsabilité qui lui pesait toujours davantage, — lui parut de plus en plus séduisante. Les clients qui refusaient de s'aboucher avec un commis, ne feraient plus la moindre façon, mis en face d'un des patrons. Il est vrai que la déplaisance du futur *partner* était une objection sérieuse ; car cette déplaisance était arrivée par degrés jusqu'à déterminer une véritable antipathie. La voix, le costume, les façons de Dunster causaient à son patron un véritable malaise, une irritation sourde dont celui-ci avait peine à contenir les éclats. Aussi, dans les premiers temps, M. Wilkins prenait un plaisir pervers à faire tour à tour luire et disparaître, devant les yeux de son ambitieux subordonné, l'espérance dont évidemment ce dernier aimait à se bercer ; mais, comme nous venons de le dire, en dépit de tout mauvais vouloir, la réalisation de cette espérance devenait de moment en moment plus certaine. La situation donnée ne comportait pas d'autre issue.

Quelle circonstance particulière amena le dénoûment inévitable ? Dunster, sur ce point, en demeura réduit aux conjectures. Ce furent sans doute quelques reproches reçus à propos d'une négligence plus criante que les autres, ou bien la menace de se voir retirer une clientèle de première importance : bref, la proposition attendue par Dunster fut faite par M. Wilkins qui lui donna, pour se dédommager, la forme la plus désagréable dont il se pût aviser. Mais la forme était peu de chose pour le premier clerc, façonné depuis longtemps aux aspérités de la vie. En toute affaire il ne voyait que la substance ; et les accessoires lui étaient indifférents. Ici le bénéfice n'avait rien de douteux, et l'offre fut acceptée sans la moindre hésitation, avec une sorte de ricanement intérieur.

Justement à la même époque, — soyons exact, quelques semaines plus tôt, — Ralph Corbet s'était enfin décidé à se déclarer. Il avait quitté l'université, s'était fait inscrire à *Middle Temple*, se plongeait dans l'étude du droit, et commençait à pressentir l'heure des succès futurs. Ellenor, d'ailleurs, venait de débuter aux *assemblées* de Hamley, et il était à craindre qu'un rival bien avisé ne profitât des retards de maître Ralph pour prendre date à son tour, et peut-être le gagner de vitesse. Une plus profonde connaissance du caractère de la jeune fille eût empêché Ralph de faire entrer en ligne de compte cette appréhension chimérique. Comptant pour rien les formules et les engagements exprès, elle s'était regardée comme la fiancée de son ami d'enfance et avait pris avec elle-même l'engagement de n'avoir jamais d'autre époux, dès l'instant où il lui avait laissé comprendre, sans le lui dire formellement, qu'elle était l'objet de ses préférences. Il lui parut même surprenant qu'il crût avoir à la questionner sur l'affection qu'elle lui avait vouée, et quand il lui demanda, tout tremblant, « si elle ne consentirait pas à l'épouser ? — En vérité, lui dit-elle, je ne pensais pas que le moindre doute vous fût permis à cet égard. » Restait à faire sanctionner cette mutuelle détermination par les autorités compétentes. Ralph se mit à la recherche de M. Wilkins, qui aurait dû être à son bureau, mais il le trouva se prélassant sur deux chaises, le cigare entre les lèvres, au bord d'un massif de fleurs : « Fumez-vous ? dit-il au jeune homme, après l'avoir fait asseoir. — Jamais, » lui répondit celui-ci avec une certaine emphase, et peut-être une légère intention de reproche. Puis il exposa sa requête en termes nefs et précis. Wilkins l'écoutait avec une certaine trépidation intime, dissimulée sous un air de complaisante bienveillance. Il soupirait en se rappelant la belle Lettice, leur mutuelle tendresse, et les riantes perspectives de leur jeune âge, bien moins radieuses à l'heure présente. Puis il lui en coûtait de renoncer une à affection aussi charmante que celle d'Ellenor. Il tendit cependant la main à son futur gendre et n'hésita pas à bénir le projet d'union. Après quoi, resté seul, il cacha quelques instants sa tête dans ses mains, se releva les yeux un peu rouges, et courut aux écuries où il fit seller immédiatement son meilleur cheval. Tandis que *Wildfire* l'emportait au galop à travers la campagne, un client obstiné s'impatientait dans l'étude, et contestait à M. Dunster le droit de représenter le patron absent.

IV

La lettre que de père d'Ellenor crut devoir adresser immédiatement à celui de Ralph Cornet, exposait naturellement la situation nouvelle sous son jour le plus favorable. Il y était beaucoup question de Lettice Holster et de son apparentage, beaucoup moins des Wilkins, représentés cependant comme tenant de près ou de loin aux de Wenton, et comme jouissant depuis trois générations, de la confiance de tous les grands propriétaires du ***-shire.

Malheureusement, cette lettre parvint à son adresse, alors que venait de s'arranger le mariage de l'aîné des Corbet, capitaine dans l'armée, avec lady Maria Brabant, dont le père, entiché de sa noblesse et de son titre de comte, habitait précisément le comté dans lequel Hamley est situé. Lady Maria était justement en visite chez les parents de son futur, lorsque arriva la missive de l'attorney, incluse dans une notification de maître Ralph. On la consulta, comme cela ne pouvait manquer, sur le compte des Wilkins. Or, elle appartenait justement à cette aristocratie exclusive qui professait un souverain mépris pour le présomptueux légiste, et chez laquelle ses prétentions nobiliaires avaient trouvé si mauvais accueil. Aussi, quoique au fond lady Maria fût une assez bonne personne, l'idée d'avoir pour belle-sœur la fille d'un procureur parvenu lui dicta quelques paroles assez peu obligeantes. — « On me voyait pas les Wilkins… Les de Wenton les désavouaient en se moquant d'eux… Son père ne s'arrangerait guère de pareilles relations, alors même qu'ils seraient apparentés par le mariage dont parlait Ralph… » Il n'en fallut pas davantage pour mettre aux champs la susceptibilité aristocratique des Corbet. Ils ne voulurent provisoirement pas admettre qu'un engagement sérieux, une promesse valable, obligeât un des leurs à conclure un mariage aussi disproportionné sous le rapport de la naissance. Le chef de la famille, harcelé de toutes parts, — d'ailleurs aimant la paix et peu disposé à se créer des difficultés au sein de son entourage, — se laissa convaincre par tous ces propos et, sans répondre directement à M. Wilkins, écrivit à Ralph dans des termes assez peu mesurés. « À coup sûr, lui disait-il, vous êtes libre d'épouser qui vous voudrez, mais le choix que vous paraissez avoir fait ne répond ni à mes espérances ni à celles de votre mère. Il peut sembler dégradant à une famille dans laquelle on va voir entrer la fille d'un homme dont la pairie remonte au règne de Jacques II. Que si, malgré tout, vous donnez suite à un projet insensé, la jeune personne associée à votre sort ne doit pas s'attendre à être reçue, comme leur fille, par les Corbet de Corbet-Hall. » À ces menaces, suffisamment péremptoires, la mère de Ralph crut devoir ajouter un post-scriptum encore plus énergique. Mais ce fut absolument peine perdue, et Ralph, en remettant la formidable épître dans un des tiroirs de son secrétaire, ne put s'empêcher de sourire. Il se sentait assuré de modifier les dispositions de sa mère aussitôt qu'il serait à même d'argumenter froidement avec elle, et quant à son père... le pauvre homme n'était pas de ceux dont l'opinion change le cours des choses. En attendant, il n'était pas nécessaire de désappointer M. Wilkins, qui comptait à bon droit sur le succès de son éloquente épître, ni d'inquiéter Ellenor, absorbée dans la félicité qui les enivrait tous deux. Autour d'elle tout souriait. Le jardin se couvrait des fleurs de l'été. Son père paraissait bien portant et satisfait. Jamais miss Monro ne s'était montrée si indulgente. M. Dunster seul, avec sa figure de parchemin, ses airs affairés, ses continuelles visites, faisait ombre au tableau et détonnait, comme une note criarde, dans cet harmonieux ensemble.

Ellenor avait fait, on le sait déjà, sa première apparition aux assemblées de Hamley où, comme on aurait pu le prévoir, sa grâce un peu gauche, son élégante timidité ne la mirent point à l'abri de certaines objections aigres-douces. Quelques vieilles douairières se plaignirent de la présomption qu'elle montrait en venant s'asseoir à côté de leurs filles. Par un bonheur inespéré, la femme qui portait alors le titre de lady Holster prit à cœur de répondre à ces blâmes inopportuns : « Miss Wilkins, dit-elle fort haut, appartient à la famille de sir Frank, une des plus anciennes du pays. Son père, il est vrai, n'était pas des nôtres, et j'aurais compris qu'on ne l'accueillît point ici ; mais du moment où il a figuré dans nos assemblées, je ne vois pas comment on pourrait contester à miss Wilkins le droit d'en faire partie. » Après une déclaration pareille, les plus rebelles durent baisser le nez, et le père d'Ellenor put jouir sans réserve des succès de sa fille, à coup sûr la plus jolie personne de ces bals aristocratiques. Si son enthousiasme se traduisit par quelques dépenses au moins superflues, ce fut bien malgré l'idole qu'il voulait parer de joyaux coûteux : un jour qu'il projetait devant elle de faire monter à nouveau une belle parure de perles qui venait de Lettice Holster : « Non, cher père, lui dit-elle avec émotion, je les préfère telles que maman les a portées. — Vous avez raison, » répondit-il ému de ce scrupule filial ; mais il alla du même pas commander une parure de saphirs pour la plus prochaine soirée.

L'élégance de ses toilettes, le charme incontestable de sa personne ne sauvaient pas toujours à la belle enfant le contre-coup du discrédit attaché à son origine plébéienne. Les admirateurs ne lui manquaient certes pas, mais les danseurs ne venaient point l'engager aussi fréquemment qu'elle l'aurait souhaité, dans son entrain de débutante. Telle noble matrone à qui son père la confiait, et qui ne refusait pas formellement les charges du chaperonnage lui prouvait, par ses airs d'ennui, son silence étudié, qu'elle remplissait ce rôle avec une certaine répugnance. Contre-temps futiles, mortifications à peine ressenties ; — la gaieté de la jeunesse, l'étourdissement des premiers hommages en ont fait oublier de bien plus graves. Ralph Corbet, d'ailleurs, venait de temps à autre voir sa fiancée. Dans l'intervalle de ses visites, elle lui écrivait assidûment et les lettres qu'il recevait d'elle étaient, l'assurait-il, la meilleure compensation de ses travaux acharnés. À elle il rapportait tout l'honneur de ses premier succès, qui le mettaient peu à peu en avant de ses plus redoutables émules, et jamais il n'était de meilleure humeur que lorsqu'elle lui racontait naïvement les petites déconvenues dont nous venons de parler Au fond il était charmé que les jeunes *gentlemen* du ***-shire, fissent preuve de mauvais goût en se montrant si peu empressés autour de sa fiancée : il leur savait gré de la négliger, et jubilait, en son for intérieur, chaque fois que cette chère enfant s'était assez ennuyée à quelque réunion pour se promettre de ne plus retourner dans le monde ! Toujours avisé, toujours prudent, il avait fait demander à son futur beau-père, par Ellenor elle-même, de ne point donner une trop grande publicité à leur projet d'union, estimant que cette démarche, — l'unique coup de tête dont il se fut jamais rendu coupable, — si elle était ébruitée avant qu'il n'eût fini ses études, compromettrait sa réputation de bon sens infaillible et de gravité magistrale. Ceci avait un peu surpris M. Witkins, mais un désir de sa fille étant toujours chose sacrée à ses yeux, il n'avait fait aucune difficulté de se rendre au vœu dont elle était l'interprète. M. Ness, cependant, avait été mis dans la confidence, et les parents de lady Maria, également informés de ce projet qui ne les touchait guère, s'étaient hâtés de n'y plus songer. Vis-à-vis de ses parents, maître Ralph gardait une expectative silencieuse et calme. Il leur avait notifié, une fois pour toutes, qu'il n'entendait pas donner immédiatement suite à ses idées de mariage mais que, le moment venu, il comptait trouver les siens en disposition de recevoir sa femme avec tous les égards, toute l'affection dont elle était digne. Cette détermination bien marquée avait sensiblement atténué les résistances paternelles. Le bon M. Corbet en était à s'enquérir du caractère de sa future bru, et, plus particulièrement de la fortune qu'elle apporterait en dot. Ralph, à qui ces questions étaient adressées, en comprenait fort bien l'importance, et quoique dans le début, trop jeune et trop épris pour songer à les approfondir, il les eût absolument passées sous silence, elles lui paraissaient maintenant dignes de quelque examen. À vue de pays, la fille d'un *attorney* si bien posé devait être richement pourvue, et si sa dot permettait au jeune avocat de se loger à Londres dans un quartier opulent, ce serait une circonstance avantageuse à ses débuts professionnels. Aussi ne s'opposa-t-il point à ce que son père écrivît en ce sens à M. Wilkins. Seulement, il prit soin d'atténuer certaines rudesses de forme qui s'étaient glissées dans le projet de lettre formulé à ce sujet, et d'en élaguer tout ce qui pouvait éveiller la susceptibilité de l'homme à qui on posait de si délicates questions. Même après ce travail préliminaire, la missive de son père lui parut encore trop catégorique, et aller trop droit au but. Il n'en cita que des fragments dans un exposé de sa situation qu'il crut pouvoir adresser au père d'Ellenor, et qui, par sa nature même, sollicitait une communication analogue. Réduit actuellement, pour subsister, aux produits toujours plus ou moins précaires d'une profession indépendante, il n'avait en propre que l'héritage futur de sa mère, un petit domaine dans le Shropshire, à lui dévolu comme au second fils, et il ne demandait pas mieux que de l'assigner à sa future femme, comme garantie de ses droits dotaux : mais, en attendant, il s'agissait de calmer les sollicitudes de M. Corbet père, qui pouvait craindre et craignait effectivement de voir retomber à sa charge, dans telle ou telle circonstance funeste, la veuve et la postérité de son fils. Pour cela, M. Wilkins jugerait peut-être opportun de doter sa fille, et dans ce cas, on lui serait obligé de faire connaître d'avance le chiffre des avantages qu'il était disposé à lui assurer immédiatement.

Cette mise en demeure vint troubler péniblement M. Wilkins dans l'espèce de rêve où il se plaisait à vivre. Il avait du goût pour Ralph Corbet, et le mariage projeté ne lui déplaisait point, en ce qu'il lui laissait toute sécurité pour l'avenir d'Ellenor ; mais il n'avait jamais fait entrer dans ses calculs, assez vagues, la réalisation très-prochaine de cette union. D'abord, il ne s'imaginait pas séparé de cette enfant qui l'adorait et dont l'affection était devenue pour lui une espèce de nécessité ; — puis, il s'était bercé de l'espérance qu'elle ne se marierait qu'après l'avoir perdu, et par conséquent il ne se préoccupait pas de la dot à trouver pour elle. Cependant, lorsqu'il descendit au déjeuner, tenant à la main l'épître mal venue, et lorsque l'attitude de sa fille, qui vint l'embrasser en rougissant, ne lui permit pas de douter qu'elle ne fût au courant de la démarche tentée auprès de lui, le pauvre homme n'eut pas le courage d'entamer la moindre discussion. Il remit la lettre en poche, et s'efforça de n'y plus penser.

Sa répugnance ne portait pas seulement, il faut bien le dire, sur le mariage de sa fille et la séparation qui devait s'ensuivre. Il envisageait avec une souveraine déplaisance la nécessité d'approfondir en détail l'état actuel de ses ressources pécuniaires. Depuis plusieurs années ses dépenses, il le savait fort bien, avaient notablement excédé ses revenus, même en évaluant ceux-ci au chiffre le plus élevé que son optimisme pût lui suggérer. Jamais il ne s'était astreint à tenir des comptes réguliers, se persuadant volontiers, par toute sorte de subterfuges logiques, que l'intérêt des fonds assez considérables à lui laissés par son père, ajouté aux revenus d'une étude bien achalandée, avait dû suffire à défrayer un ménage peu nombreux, dans une ville de province où la vie, généralement, n'est pas regardée comme très-coûteuse. Ce calcul à vol d'oiseau ne tenait compte ni du nombre des domestiques, ni des chevaux de prix qui meublaient l'écurie, ni des vins de choix dont la cave n'avait jamais manqué, — non plus que des dépenses du jardin où les fruits rares, les fleurs exotiques étaient cultivés à grands frais, — sans parler de la facilité avec laquelle ce jurisconsulte aux goûts d'artiste se donnait, coûte que coûte, les livres, les gravures, les objets d'art qui tentaient son imagination vagabonde. Il y avait bien eu çà et là quelques remords de conscience, quelques économies à tort et à travers, exagérées comme il arrive de ces efforts saccadés contre une habitude tyrannique, mais en songeant qu'Ellenor allait entrer dans une famille opulente, — et en se disant que son futur était l'héritier légal des biens maternels, — notre brave homme, tout à coup tranquillisé, avait toujours après quelques semaines de parcimonie, repris ses anciennes façons de vivre.

Une fois sommé de pourvoir sa fille, il ne douta pas qu'il ne pût le faire convenablement : mais encore fallait-il, pour s'en assurer, procéder à certaines investigations dont il se sentait, par avance et comme en vertu d'un pressentiment secret, plus contrarié qu'il n'aurait voulu l'avouer. Il se promettait de les faire, mais il ajournait cette tâche ingrate, et tout d'abord décida qu'il ne parlerait point à Ellenor de la démarche de Ralph. Elle ne lui en parla pas davantage bien qu'elle eût reçu le même jour, de son prétendu, la prière expresse de plaider auprès de M. Wilkins la cause de leurs jeunes amours, prière accompagnée de toutes les précautions oratoires dont on se sert en pareil cas, lorsque les questions d'argent, embrouillées avec les questions de cœur, mettent un homme, épris et positif tout à la fois, dans le plus cruel embarras du monde.

Avant de répondre à son prétendu, Ellenor eût voulu prendre langue auprès de son père. Le cœur lui manqua lorsqu'elle s'aperçut que ce dernier évitait à dessein d'aborder le sujet de leur commune préoccupation. N'était-elle pas blâmable de songer le quitter ? Fallait-il qu'elle se fît la complice d'un dessein qui causait de si graves soucis à ce père idolâtré ? Placée, comme tant d'autres, entre deux passions exclusives et jalouses, elle devait, comme tant, d'autres, souffrir de leurs prétentions contradictoires, en cela d'autant plus à plaindre que les confidents ordinaires de ses pensées ingénues étaient précisément ce père, ce fiancé à qui, dans les circonstances présentes, elle n'osait ouvrir son cœur, redoutant de les animer l'un contre l'autre. Minée par une anxiété toujours croissante, on la vit en quelques jours s'attrister et pâlir. À deux ou trois reprises différentes, il lui sembla que M. Wilkins, fortement touché de sa tristesse, allait enfin s'expliquer. Mais, levant alors les yeux sur lui, elle l'arrêtait court par ce regard où se peignait une curiosité qu'il ne pouvait encore satisfaire, et au lieu des paroles attendues, espérées, il fallait se contenter de quelques futiles commentaires sur la chronique du moment.

Étonné du silence que l'attorney et sa fille gardaient vis-vis de lui, M. Corbet renouvela ses instances, et cette fois, leur donna caractère d'une proposition formelle. Une somme, dont le chiffre restait à déterminer, serait avancée par M. Wilkins et employée, sous le contrôle de fidéi-commissaires spéciaux (*trustees* est leur nom légal), aux améliorations du domaine de Bromley, dont la nue-propriété se trouvait assurée à Ralph. Cette somme serait productive d'intérêts à un taux élevé, que M. Corbet père, en les prenant sur les revenus de la terre ainsi mise en valeur, ou bien sur le produit de ses biens propres, verserait chaque année aux futurs époux, ce qui leur garantissait un revenu très-suffisant pour leur entrée en ménage. Cet emploi de la dot d'Ellenor, devant accroître la valeur de l'immeuble sur lequel était imputée son hypothèque dotale, constituait une combinaison si évidemment favorable, que M. Wilkins, sensible à la loyauté d'un procédé pareil, fut tenté d'accéder sans plus d'hésitation à la demande qui lui était faite. Il s'imposait, il est vrai, un sacrifice considérable, mais ce sacrifice lui était demandé chaque jour par sa conscience alarmée, depuis qu'il voyait sa fille s'étioler et se consumer auprès de lui, dans une attente silencieuse, une angoisse de plus en plus poignante. Il ébaucha donc à la hâte quelques calculs sommaires, et s'étant démontré à lui-même que la somme requise se trouvait disponible entre ses mains, écrivit une lettre par laquelle il donnait les mains à l'arrangement proposé. Puis il appela Ellenor dans son cabinet, et avant de cacheter cette importante missive, la pria d'en prendre connaissance. Ce fut pour lui un vif plaisir, et une douleur sensible, que de la contempler pendant cette lecture, de voir le frémissement de ses lèvres émues, l'éclat soudain que reprenaient ses joues décolorées, et lorsque, sans achever la lettre, elle se jeta dans ses bras avec mille caresses émues, — les seuls remercîments qu'elle se sentit en état de lui adresser, — il ne put se défendre d'un sentiment d'amertume en songeant à l'espèce d'ingratitude qui faisait le fond de cette reconnaissance passionnée : « Cher père, lui disait Ellenor, je vous ai cru fâché contre nous : mais au fait, ne sommes-nous pas trop exigeants ?… La somme qu'on vous demande est considérable, et je crois que nous pourrions nous suffire à moins.

— Point, point, répondait l'*attorney*. Je veux que vous arriviez dans votre nouvelle famille, avec tout ce qui peut compenser l'absence d'un titre… Miss Ellenor n'est point une lady Maria ; mais lady Maria n'a pas eu de dot, et miss

Ellenor, en ceci, lui damera le pion… Maintenant que la question est réglée, et réglée, j'espère, à votre entière satisfaction, nous pouvons bien, ce me semble, nous donner un peu de congé… Allez dire à Dixon qu'il nous selle deux chevaux… mais avant tout, donnez-moi un de ces baisers dont vous m'avez sevré tous ces temps-ci… »

Deux heures plus tard, comme ils passaient au grand trot sur la route, le regard brillant, le sourire aux lèvres, ils attiraient l'attention de quelques laboureurs du pays, et l'un de ceux-ci ne put s'empêcher de remarquer que « les Wilkins avaient toujours un beau sang… — Pardi, lui répondit un autre, il n'est pas difficile aux riches d'avoir bonne mine. » Après quoi, les deux interlocuteurs se courbant sur leur ouvrage, disparurent dans le fossé qu'ils creusaient. Ils se doutaient peu de ce que la Providence réservait, en fait de malheur, à ces deux êtres en apparence si dignes d'envie.

Ellenor et son père, enchantés de leur promenade, s'étaient bien promis de la renouveler, mais un brusque changement de saison les empêcha de donner suite à ce mutuel engagement. Des pluies persistantes se déclarèrent. Peu après, soit qu'il cédât à l'influence du mauvais temps, soit qu'il eût à souffrir de quelques troubles intérieurs, M. Wilkins parut avoir perdu tout désir d'activité, tout entraînement joyeux. Il ne bougeait guère de la maison, et recourut aux stimulants alcooliques pour combattre l'espèce de torpeur qui paraissait l'envahir. Après son repas du soir, engourdi dans son fauteuil, il passait de longues heures en tête-à-tête avec son vin favori, et ses gens, dont il était d'ailleurs fort aimé, se plaignaient entre eux de le trouver chaque jour plus grondeur et plus irritable. Dixon avait fini par s'en alarmer. Il aurait voulu qu'Ellenor déterminât son père à profiter de l'amélioration du temps pour reprendre leurs excursions équestres. « Notre maître est trop souvent enfermé,... il travaille trop,... un peu d'air lui ferait du bien. » Mais lorsque la jeune fille essaya d'agir selon les vœux du fidèle serviteur, elle rencontra une résistance imprévue. — Elle en parlait bien à son aise... Libre aux femmes de n'avoir que la promenade en tête mais les hommes ont autre chose à faire... — Puis, la voyant étonnée de cet accueil un peu brusque, l'attorney se radoucit tout à coup et s'excusa presque en mettant sa mauvaise humeur sur le compte des importunités de Dunster, qui le harcelait sans cesse. « On ne peut pas manquer un jour au bureau sans être en butte à des reproches, à des sorties désagréables... sans compter les empiétements continuels que ce monsieur se permet à mon préjudice... au préjudice de son ancien, de son chef. On m'y verra donc, à ce bureau... et il faudra bien alors que chacun reprenne sa place. »

Ellenor, désappointée dans ses espérances et fort surprise d'avoir à lutter contre l'autorité d'un homme qu'elle avait vu, naguère encore, jouer chez son père le rôle de subalterne à gages, ne put s'empêcher de trouver fort impertinents les reproches et les exigences de M. Dunster ; mais ce léger nuage ne pouvait attrister longtemps la radieuse sérénité de son âme. La seule pensée de Ralph dissipait tout ce qu'il y avait d'obscurité menaçante et de pressentiments sinistres dans les nouvelles conditions de son existence quotidienne. Les fêtes de l'hiver avaient pris fin ; celles de l'été ne s'annonçaient pas encore. L'état moral de son père accusait quelques changements incompréhensibles ; elle vivait plus seule, plus enfermée que jamais. En réalité cependant, elle ne songeait qu'au moment où les succès de Ralph, ces succès dont elle recueillait précieusement chaque témoignage, autoriseraient enfin leur union. Serait-ce pour cet automne ? Faudrait-il attendre un an de plus ? À ce délai, s'il était nécessaire, elle se résignait d'avance très-facilement. La lettre qui lui arrivait ponctuellement chaque semaine, et les visites que Ralph ne marchandait pas à M. Ness, ne devaient pas de sitôt lui être des compensations insuffisantes. Parfois même, il lui arrivait de souhaiter que le jour ne vînt pas trop vite, où elle échangerait les gâteries paternelles contre les débuts, toujours un peu austères, de la vie conjugale.

V

L'échéance de la fête de Pâques, fut cette année-là très-précoce. Ralph Corbet, qui mit à profit les vacances pour venir passer quelques jours auprès de sa fiancée, eut à supporter d'abord les rigueurs d'un printemps glacial. M. Wilkins et lui se virent un peu moins fréquemment que par le passé, mais toujours dans les meilleurs termes. Quant à Ellenor, que le jeune avocat voulait mettre de moitié dans ses visées ambitieuses, elle cherchait vainement en elle-même le germe de cette ardeur impatiente dont il semblait dévoré. L'idée de voir un jour son mari assis sur le sac de laine la flattait fort médiocrement. Ce n'était pas le lord-chancelier futur qui lui semblait aimable, mais bien le compagnon de sa jeunesse. celui qui, le premier, avait parlé à son imagination et sollicité les battements de son cœur.

Justement la veille du jour où il devait quitter Hamley, le printemps se manifesta par une sorte d'explosion soudaine. Le soleil satura de ses chaudes émanations une atmosphère subitement attiédie ; les bourgeons verdirent et se gonflèrent en quelques heures ; le ciel dépouilla les nuages plombés qui en masquaient l'azur. Pendant le déjeuner une promenade à cheval avait été arrangée. M. Wilkins, qui devait en être, ne vint pas à l'heure dite et fit manquer la partie. Ellenor, bientôt consolée de ce contre-temps, imagina de remplacer le plaisir perdu par un petit thé en plein air. La table fut dressée contre un mur où venaient se refléter les derniers rayons du couchant, et sous une tonnelle, encore dégarnie de feuillage, qui ne leur opposait aucun obstacle sérieux. Ce fut là qu'on attendit le retour du maître de la maison. Il parut enfin, plus sombre et plus soucieux qu'à l'ordinaire, et il serait passé devant les trois convives qui le guettaient sans les avoir aperçus, si Ellenor s'élançant sa rencontre, ne l'avait, en riant, déclaré son prisonnier. Mais elle eut beau faire, il semblait que rien ne pût le débarrasser d'un souci rongeur. Il s'excusa seulement de sa maussaderie en se plaignant d'une sorte de frisson intérieur qu'il attribuait au froid de la saison : « Singulière idée, de prendre le thé dehors par un froid comme celui-ci ! » s'écria-t-il enfin, boutonnant son paletot. $a voix tremblait en articulant ces mots ; toute son attitude rappelait une locution populaire usitée en pareille circonstance, et selon laquelle on est pris de ces frémissements inexplicables quand on passe sur le sol qui doit un jour s'ouvrir pour recevoir votre dépouille mortelle. Cet incident, au surplus, n'eut aucunes suites, et la trace qu'il laissa dans l'esprit d'Ellenor se serait promptement effacée, s'il ne lui eût été cruellement rappelé, peu de temps après, par une tragique coïncidence.

Nous avons eu occasion de dire qu'à Hamley et dans le reste du pays, sauf M. Ness et les anciens serviteurs de la famille, personne n'était informé des engagements survenus entre Ellenor et le jeune Corbet. Ce fut donc en toute sûreté de conscience qu'un jeune ecclésiastique, invité dîner en même temps que l'attorney et sa fille chez une vénérable douairière des environs, se laissa toucher par la bonne grâce et l'attrayante humeur de miss Wilkins. Placé près d'elle à table, il l'avait entretenue, avec une candeur amusante, de la petite cure à laquelle il venait d'être nommé, du bien qu'il espérait y faire, des écoles de paroisse qu'il comptait fonder ; or il n'avait pas tenu à lui de penser qu'il intéressait particulièrement sa voisine, dont le sympathique sourire et la politesse attentive le charmèrent au delà de toute prévision. Que devint-il après le dîner, lorsque ramenant sa voisine au salon, il se vit interpellé par elle avec un zèle, un empressement inattendus, harcelé de questions dont elle n'attendait pas toujours la réponse, rappelé chaque fois qu'il s'éloignait par un aimable reproche ou un regard presque suppliant ? Il y avait de quoi perdre la tête, et M. Livingstone la perdit en effet tout de bon, ne pouvant guère deviner le motif de toutes ces prévenances. Dans le fond, et sous tant de coquetteries involontaires, il n'y avait qu'une vive inquiétude, un grand besoin de détourner l'attention : Ellenor venait de s'apercevoir, en quittant la salin à manger, que son père n'avait pas su contenir dans de justes bornes le goût fatal qui, depuis quelque temps, prenait sur lui un si déplorable empire. Sa démarche incertaine, sa diction pénible ne pouvaient laisser de doute là-dessus, pour peu qu'on l'observât avec quelque attention ; et c'était justement afin de détourner l'attention des convives en la concentrant sur elle-même, que la pauvre enfant s'était mise en frais d'amabilité sans prévoir les étranges conséquences de ce pieux dévouement.

Elles ne devaient point tarder à lui être révélées, car le naïf Livingstone, emportant de cette première rencontre une impression, d'autant plus vive qu'il s'était vu plus encouragé, passa la nuit tout entière à réfléchir sur le rare mérite de la charmante personne qu'il semblait avoir intéressée à ses projets d'avenir. Peut-être n'avait-elle pas manifesté tout à fait assez d'enthousiasme pour les écoles de paroisse ; mais abstraction faite de ce détail, on ne pouvait rêver une compagne plus charmante, et associer à ses travaux une personne mieux faite pour en assurer le succès. Ainsi raisonnant ou déraisonnant, l'amoureux ministre rédigeait une demande en bonne forme, où il exposait le fort et le faible de sa situation présente, ses chances d'avenir, les protections sur lesquelles il croyait pouvoir faire fonds, bref tout ce qui justifiait à ses yeux une démarche dont l'attitude d'Ellenor ne lui laissait pas deviner la complète inopportunité.

Dès le lendemain soir, à l'heure du thé, cette requête imprévue, adressée à miss Wilkins, lui fut remise en présence de miss Monro. La suscription, d'une écriture inconnue, piqua tout d'abord sa curiosité ; mais à peine avait-elle pris connaissance des premières lignes, que son regard courut à la signature, et la signature lui expliqua tout. Confuse et choquée au dernier point d'avoir autorisé si promptement de pareilles espérances, elle se garda bien d'en rien laisser percer devant sa compagne mais se réservant de montrer à son père, lorsqu'il rentrerait, — il dînait encore en ville ce jour-là, — l'étrange lettre de M. Livingstone, elle voulut prendre sa leçon d'italien comme si de rien n'était. Seulement elle donna congé à miss Monro de meilleure heure qu'à l'ordinaire et se retira dans sa chambre pour y relire, pour y commenter tout à son aise, cette lettre qui avait à ses yeux la valeur du blâme le plus sanglant. Qu'avait-elle pu dire ou faire pour justifier une démarche aussi abrupte, aussi peu ménagée ? En cherchant à se remémorer les moindres détails de la soirée précédente, elle se sentit prise d'un fort mal de tête, qui lui rendait la lumière importune et bientôt après souffla sa bougie. Puis, assise sur l'appui de sa fenêtre ouverte, et contemplant le jardin inondé des clartés de la lune, elle guetta le retour de son père qu'elle se proposait d'appeler près d'elle sans bruit quand il passerait à portée de voix. Peu d'instant après, elle entendit ouvrir la porte de communication entre la tour des écuries et le verger, puis elle distingua parmi les arbustes M. Wilkins qui, par un hasard contrariant, ne rentrait pas seul. M. Dunster était avec lui, et l'animation de leurs voix semblait indiquer qu'une discussion assez vive s'était engagée entre eux. Au surplus, dès qu'ils eurent pénétré dans le cabinet de M. Wilkins, le bruit de ce colloque cessa d'arriver aux oreilles de la jeune fille.

Ce n'était pas précisément pour la première fois que M. Dunster venait ainsi à une heure avancée, relancer chez lui son associé. Ellenor n'avait jamais cherché à se rendre compte de ces visites tardives, et surtout ne s'était jamais avisée qu'elles coïncidaient invariablement avec les occasions, trop fréquentes depuis quelque temps, où M. Wilkins se dispensait pendant toute la journée de se montrer au bureau. Elle savait seulement que ces obsessions intempestives, motivées par quelque affaire urgente, agaçaient, impatientaient le malheureux attorney, et rien au monde dès lors ne pouvait les lui rendre agréables. Ce soir-là, surtout, où elle désirait vivement causer tête à tête avec son père, combien pareil contre-temps dut lui paraître odieux ! Aucun doute, d'ailleurs, sur le parti à prendre. La soirée était trop avancée pour que l'hôte mal venu ne fût pas obligé d'abréger sa visite. Elle descendrait alors, et combinerait avec son père les mesures voulues pour que M. Livingstone reçût de lui, avec tous les égards, tous les ménagements possibles, un refus en bonne forme.

En attendant, elle se laissait peu à peu absorber par ses rêveries habituelles, toujours assise à la même place et, de temps à autre, essayant de chasser les visions dorées qui lui faisaient perdre de vue l'objet de ses récentes réflexions. Elle sentit le froid la gagner, se leva pour aller prendre un châle, et reprit sa place après l'avoir drapé autour d'elle. Il lui sembla qu'il se faisait très-tard. La clarté lunaire devenait de plus en plus vive, les ombres inscrites çà et là sur le sol lumineux semblaient plus noires et plus intenses… Il n'était pourtant pas à croire que M. Dunster eût pu se glisser dans les obscures allées du verger avec assez peu de bruit pour n'être pas entendu. — Comme elle abordait cet ordre de conjectures, les deux voix, jusqu'alors arrêtées au passage par les fenêtres closes du cabinet, se firent entendre, puis son père, dont elle reconnut l'organe, se prit à maudire les importunités dont il était victime… Il y eut alors un mouvement dont elle ne put se rendre compte, et qui semblait provenir de fauteuils brusquement repoussés ; puis un bruit inexplicable, le sourd retentissement d'un poids qui frappe le sol dans sa chute… Encore le froissement des fauteuils qui se heurtent, mais cette fois il était plus léger. Et ensuite, un profond, un absolu silence.

Ellenor, pour mieux entendre, posa sa tête de côté, sur l'appui de la fenêtre, — car un instinct mystérieux la tenait défaillante sous le coup d'une angoisse inexprimable. Aucun bruit, aucun son perceptible ne troublait le silence de cette nuit sereine. Elle n'entendait — nous n'entendons tous, en pareille circonstance, quand l'oreille est avidement tendue à la moindre sonorité, — que les battements précipités de son cœur, et, çà et là, le tumulte produit par l'afflux du sang que l'émotion appelait vers ses tempes.

Combien ceci dura-t-il ? jamais elle ne l'a su. Seulement, après un délai plus ou moins long elle entendit, dans la chambre à coucher de M. Wilkins, contigüe à la sienne, des pas qu'elle reconnut sans hésiter, malgré leur rapidité inaccoutumée : mais lorsqu'elle courut au-devant de son père pour lui demander s'il n'était rien arrivé, s'il pouvait lui donner quelques minutes d'attention, — s'il avait le temps de lire la lettre de M. Livingstone, — elle entendit ouvrir la porte extérieure de cette pièce, puis quelqu'un en sortit, et se dirigea, courant presque, le long de l'allée du verger. Supposant assez naturellement que M. Dunster se retirait enfin, elle revint chercher la lettre dont elle voulait que son père prît connaissance, et, munie de ce papier, descendit par l'escalier tournant qui mettait la chambre à coucher de M. Wilkins en communication directe avec son cabinet de travail. En prenant une autre route, elle risquait d'éveiller miss Monro, et par là même d'avoir une interrogatoire à subir le lendemain matin. Ceci l'effrayait tellement que, même sur ce degré lointain, où personne n'avait accès, elle se glissait à petit bruit, comme pour éviter une surprise.

À son entrée dans le cabinet, la lumière de deux flambeaux éblouit un instant ses yeux, tout à l'heure aux prises avec les ténèbres. Les bougies jetaient un éclat d'autant plus vif qu'un courant d'air assez fort, déterminé par l'ouverture simultanée des deux portes, activait désormais leur combustion. Pendant un moment, Ellenor se crut seule dans la chambre... mais, à son indicible horreur elle aperçut, la minute d'après, les deux pieds d'un homme qui devait être étendu sur le tapis, derrière la table massive placée entre elle et lui. Attirée comme en dépit d'elle-même, et malgré la répugnance qui l'en éloignait, elle fit le tour de cette table, pour s'expliquer l'immobilité de ce personnage que son arrivée soudaine dérangeait si peu.

C'était M. Dunster : sa tête, étayée par les coussins de plusieurs fauteuils, restait renversée en arrière. Ses yeux étaient grands ouverts, avec une expression d'effarement, et une fixité redoutable. Une forte odeur d'eau-de-vie et de corne brûlée régnait dans l'appartement, nonobstant le courant d'air établi entre les deux portes ouvertes.

Jamais Ellenor n'a pu expliquer au juste les mobiles qui, dès ce moment, et pendant le reste de cette nuit effrayante, la firent agir et parler. En y repensant depuis, — en consultant sa mémoire hantée par des souvenirs qui la faisaient frissonner et qui pourtant s'imposaient à elle, — la malheureuse enfant en était venue à croire que l'eau-de-vie répandue à flots sur le tapis l'enivra littéralement de ses émanations alcooliques. Soit par cette raison, soit par toute autre, elle se sentit une présence d'esprit, un courage que rien ne l'autorisait à s'attribuer. Et bien, que les événements se fussent chargés de lui apprendre qu'elle avait agi contrairement aux inspirations de la prudence — sinon tout à fait mal, et de manière à mériter, un blâme sévère, — encore est-il qu'elle s'étonnait de s'être ainsi conduite.

Son premier mouvement fut de se soustraire, en se retirant, à ce fixe regard qu'elle ne pouvait endurer. Puis elle alla fermer, sans faire de bruit, la porte de l'escalier, la porte qui lui avait livré passage. Elle revint ensuite, et, de nouveau regarda,... puis, s'emparant du flacon de liqueur, elle s'agenouilla pour essayer d'en faire pénétrer quelques gouttes entre les dents serrées de cet homme qu'elle supposait simplement évanoui. La tentative avorta complétement. Alors elle imbiba son mouchoir du même liquide, et le passa sur les lèvres froides et pâlies... Tout cela vainement : l'homme était bien mort, — tué, nous dirons bientôt comment, par la rupture d'un vaisseau cérébral. Tout ce que la pauvre Ellenor venait d'essayer sans succès, son père, avant elle, y avait eu recours. Le précieux souffle de la vie, une fois exhalé, n'a jamais été rendu à qui que ce soit. Pourtant le regard fixe de ces yeux grands ouverts devint insupportable à la pauvre jeune fille, qui doucement, d'une main timide, presque caressante, essaya d'abaisser leurs paupières, sans se rendre parfaitement compte qu'elle acquittait ainsi les derniers devoirs de la piété humaine envers un être aimé.

Encore assise sur le parquet, à côté du corps, elle entendit des pas qui se rapprochaient avec hâte et précaution, le long du verger. Ce pouvaient être des voleurs, voire des assassins, et pourtant elle n'éprouva pas la moindre crainte. Cette heure solennelle l'avait enlevée dans une sphère supérieure à toute terreur, bien qu'elle fût hors d'état d'arriver, par le raisonnement, à cette conviction que les pas en question étaient bien les mêmes qu'elle avait entendus, un quart d'heure auparavant, dans la chambre à coucher contigüe à la sienne.

Son père entra, et fit aussitôt deux pas en arrière, — par un brusque mouvement de recul, renversant presque un autre homme qu'il avait pour ainsi dire sur les talons, — quand il vit Ellenor immobile à côté du cadavre.

« Pour Dieu, mon enfant, s'écria-t-il avec une sorte de colère, comment vous trouvez-vous ici ? »

Elle lui répondit avec une sorte de stupeur : — Je n'en sais rien… Est-il mort ?

— Taisez-vous, enfant, taisez-vous !… Ce qui est accompli n'a pas de remède. »

Quittant des yeux son père, elle regarda le visage de Dixon, dont la physionomie attristée et presque tragique s'entrevoyait dans la pénombre de l'escalier « Est-il mort ? » demanda-t-elle.

Le fidèle serviteur fit un pas en avant, et par là même, sans aucune irrévérence, écarta son maître. Puis il se pencha sur le corps inanimé, regardant, écoutant avec une extrême attention : il prit ensuite un des flambeaux posés sur la table et fit signe à M. Wilkins de fermer la porte, ordre muet qui fut immédiatement exécuté. L'épreuve était décisive, et le malheureux *attorney* la suivit de l'œil avec une anxiété profonde, un reste de folle espérance. La flamme de la bougie ne vacilla point, et continua de pointer impitoyablement vers le plafond, quand on la rapprocha des narines immobiles et de la bouche entr'ouverte. Pendant cette opération, la tête soulevée posait sur le bras robuste de Dixon, qui, de la main restée libre, manœuvrait lentement le chandelier. Ellenor se figura qu'elle le voyait trembler, et lui saisit vivement le poignet pour donner au bras qui servait de support l'immobilité requise.

Tout fut inutile. On replaça la tête sur les coussins qui lui servaient d'oreiller, et, Dixon debout à côté de son maître, tous deux se mirent à contempler, avec une véritable émotion, ce mort auquel ils avaient voué naguère des sentiments si peu sympathiques. Ellenor ne bougeait ni ne pleurait, absorbée dans une sorte de catalepsie.

« Comment cela est-il arrivé ? » finit-elle par demander à son père, après un long intervalle de silence.

Il se fût volontiers dispensé de lui répondre : mais ainsi questionné par ses lèvres, adjuré par son regard, il lui fut impossible de ne point dire la vérité. Aussi, chaque parole lui coûtant un effet convulsif, articula-t-il, par saccades, les phrases suivantes : « Il me bravait… Son insolence m'a poussé à bout… Je n'ai pu me contenir… J'ai frappé… comment, je ne sais… Il faut qu'en tombant, la tête ait porté… Grand Dieu ! quand je pense qu'il y a une heure, le sang de cet homme ne pesait pas sur ma conscience !… » À ces mots, il cacha sa tête dans ses mains, avec un éclat de désespoir auquel personne ne pouvait se méprendre.

Ellenor se tourna vers Dixon : « Un médecin ?… lui dit-elle, sans compléter sa question, que son interlocuteur comprit de reste. — À quoi bon ? répondit-il, jetant un regard oblique vers son maître que cette simple insinuation semblait avoir glacé de terreur. Je ne vois pas quels services un médecin pourrait nous rendre… Ouvrir une veine, tout au plus, et cela je puis le faire tout aussi bien que pas un d'eux… Si seulement j'avais ma *flamme*[1] sur moi !… » Tout en parlant il fouillait ses poches, d'où il retira presque aussitôt l'instrument qu'il venait de nommer. Il le sortit de son étui, le passa sur son doigt, et en essaya le tranchant. Ellenor, cependant, essayait de mettre à nu le bras du cadavre, mais le cœur lui manqua bientôt, et son père se hâta de la remplacer, malgré le tremblement nerveux qui gênait l'action de ses mains. En toute autre circonstance, ni l'un ni l'autre n'eût voulu confier une pareille opération à un praticien aussi peu expérimenté que Dixon : mais qu'il eût travaillé sur une veine ou sur une artère, la chose en soi était indifférente, car le sang ne jaillit point ; à peine quelques sérosités se firent-elles jour sur le parcours de l'acier. Le mort fut replacé sur sa couchette improvisée. Dixon fut ensuite le premier à reprendre la parole : « Maître Ned[2], dit-il, familiarité qui remontait au temps de leur camaraderie d'enfance, — maître Ned, il faut prendre un parti quelconque. »

Le serviteur parlait avec l'autorité que tout homme de sang-froid possède sur celui qui semble dépourvu de virile initiative. Personne ne lui répondit. Un parti à prendre, soit, mais lequel ?

« Personne ne l'a-t-il vu entrer ici ? » demanda Dixon, après une nouvelle pause. Ellenor leva les yeux sur son père, attentive à ce qu'il allait répondre. Une perspective s'ouvrait dans les ténèbres profondes qui l'entouraient un instant plus tôt. Il s'agissait, il est vrai, d'une dissimulation, d'un mystère ; mais ne fallait-il pas, à tout prix, se placer entre son père et le châtiment qui ne manquerait pas d'atteindre ce dernier, si la vérité se faisait jour ?

M. Wilkins ne répondit pas. Au fait et au prendre, il n'avait rien entendu : — « Oui, reprit-il, se parlant à lui-même. Il n'y a pas une heure que j'étais encore innocent de ce meurtre. »

Dixon se leva résolument, et versa dans un grand verre la moitié de l'eau-de-vie qui restait dans le flacon encore débouché : « Buvez, *master* Ned ! Non, continua-t-il, s'adressant à Ellenor, qui semblait vouloir s'interposer... Non, ma bonne miss, laissez-moi faire !... Cela ne lui fera aucun mal... Il faut lui remettre le cœur au ventre, rappeler ses idées effarouchées... Ce n'est pas trop de tout notre esprit pour nous tirer de cet embarras... Maintenant, monsieur, répondez ?... Quelqu'un a-t-il vu M. Dunster entrer ici avec vous ?

— Je ne sais, répondit Wilkins... Les souvenirs de cette triste soirée sont comme enveloppés d'un brouillard... Il m'a offert de me raccompagner, ce dont je ne me souciais guère ; et j'ai refusé. J'ai repoussé avec une sorte d'incivilité sa proposition mal venue... Je ne voulais point causer affaires, me sentant la tête un peu prises... Je savais d'ailleurs de quoi il avait à m'entretenir... Quelques irrégularités, dont il prétendait se plaindre, dans la gestion de l'étude... Si quelqu'un nous a écoutés à ce moment, il a pu voir que je n'avais aucune envie de le garder avec moi... Pourquoi donc s'est-il obstiné ?... Pourquoi venir ainsi, malgré ma résistance ?... Il l'a voulu... Il a lui-même scellé son arrêt de mort.

— Eh bien, quoi ? reprit Dixon... s'il ne fallait que se laisser couper les deux mains pour le remettre sur pieds, on le ferait... on le ferait, en dépit de ses assommantes impertinences... mais on ne ressuscite pas les morts, et c'est chose dite... Ce qu'il faut maintenant éviter, c'est le mal qui peut résulter de l'aventure si elle s'ébruite... Mon idée, à moi, — et, vous, miss, quelle est la vôtre ? — c'est que ce cadet-là n'ayant ni parents ni amis qui s'inquiètent de lui, on pourrait bien, d'ici au jour, le loger sans rien dire, dans une bonne fosse… Nous avons devant nous, pour le plus, quatre heures de ténèbres… Je voudrais bien qu'il fût possible de le transporter au cimetière, mais il n'y faut pas songer.. L'important, c'est de décider promptement où nous mettrons le pauvre diable. Je me charge d'enlever une belle tranchée de gazon sans en rien laisser paraître, et à nous deux, — monsieur et moi, chacun avec sa bêche, — nous caserons notre homme en lieu sûr, en le recouvrant de manière à ce que les plus fins ne puissent y rien débrouiller. »

Cette ouverture fut accueillie de part et d'autre par un silence profond. Au bout d'une minute ou deux, M. Wilkins reprit d'un ton plus animé : « Ah, mon pauvre père, s'il avait pu prévoir !… Mais affronter un procès criminel… Et vous, Ellenor, vous aussi compromise… Non, cela ne saurait être… Vous êtes dans le vrai, Dixon. Il faut que nous venions à bout de cacher ce corps, ou bien je me couperai la gorge. Aussi bien mourrais-je de honte, avant d'avoir vu la fin d'un pareil procès… Dire qu'une minute d'emportement a flétri tout mon passé…

— En, ce cas, interrompit Dixon, la besogne presse… Dépêchons-nous ! »

Ils sortirent pour aller prendre leurs outils, suivis d'Ellenor qui ne put se résoudre à rester seule dans le cabinet de travail, face à face avec…

Vainement voulut-on la renvoyer dans sa chambre : l'inaction, la solitude lui faisaient peur. Elle s'employait à porter çà et là de lourdes hottes, remplies de gazons, et trouvait un soulagement dans cette tâche excessive, toujours en mouvement, toujours arrivant à point, et fournissant aux deux travailleurs ce qu'il leur fallait. À un moment donné, comme elle passait devant le seuil du cabinet, il lui sembla qu'elle entendait se mouvoir. Se pourrait-il que l'homme fût revenu à lui ?... Elle entra, le cœur palpitant d'espérance, mais une seconde suffit pour la détromper. Un frémissement d'arbres, causé par un souffle de brise, ainsi s'expliquait cette illusion. La mort, le désespoir, il ne fallait pas rêver autre chose.

La fosse pourtant se creusait, régulière et profonde. Nos deux hommes semblaient, animés d'une sauvage énergie, vouloir étouffer par un travail acharné la pensée importune, le remords vengeur. M. Wilkins, deux ou trois fois, pria Ellenor de verser de l'eau-de-vie à Dixon. Elle alla aussi chercher quelques aliments, dans la salle à manger, — avec toute sorte de précautions, — lorsqu'elle vit les deux travailleurs exténués de fatigue. À ce moment, leur tâche était presque faite.

Quand il ne resta plus qu'à placer le cadavre dans cette fosse sur laquelle ne devait descendre aucune bénédiction, M. Wilkins renvoya Ellenor. Elle les avait assistés suffisamment, le reste les regardait seuls. Elle comprit qu'ils avaient raison. Ses nerfs, d'ailleurs, et sa force physique eussent été mis à une trop rude épreuve s'il avait fallu persister jusqu'au bout. Dixon était allé chercher ce qu'il fallait pour charrier le cadavre : elle s'approcha de son père, assis en ce moment sur la terre humide, à l'extrémité du sépulcre encore béant, et voulut lui laisser un baiser d'adieu. Il la repoussa du geste, avec calme, mais avec autorité : « Non, disait-il, non, ma Nelly… Vous ne m'embrasserez plus jamais… Car je suis un assassin.

— Assassin ou non, je veux, je veux vous presser sur mon cœur, lui répondit-elle en se jetant fermement à son cou, et en couvrant son visage de baisers impétueux… D'ailleurs, ce n'est point-là un assassinat, mais, j'en jurerais, un accident désastreux. »

Cédant alors à de nouvelles instances, elle quitta son malheureux père, et dut traverser encore une fois, non sans frissonner de la tête aux pieds, le théâtre de ce sombre drame où elle venait, à l'improviste, de prendre son rôle.

En rentrant chez elle, par un mouvement tout machinal, elle poussa le verrou de sa porte, et courut se pencher à sa fenêtre ; une impulsion irrésistible lui faisait un besoin de voir s'accomplir, jusqu'au bout, la sinistre série de ces événements destinés à rester enveloppés de mystère. C'était, si l'on veut, une fascination. Cependant l'obscurité plus épaisse qui précède, à ce moment de l'année, le lever du jour, défiait l'effort de ses yeux tendus et endoloris. Elle distinguait seulement le profil des arbres se découpant sur le ciel vaguement lumineux, mais elle les connaissait tous, et aurait pu désigner celui près duquel venait d'être ouvert le tombeau récent. Son ombre portait presque sur le recoin gazonné où elle avait naguère installé pour Ralph ce thé en plein air que nous avons décrit. C'était là que son père, — elle s'en ressouvint tout à coup, — avait passé, pâle et frissonnant, comme assailli par un pressentiment funèbre.

Là, donc, sous ces épais massifs, les deux travailleurs ménageaient leurs mouvements de façon à ne produire presque aucun bruit : mais pour les oreilles d'Ellenor, l'interprétation du moindre son était facile. Ils n'avaient pas terminé l'œuvre ténébreuse lorsque les oiseaux commencèrent à gazouiller leur hymne matinal. Les portes se fermèrent peu après, et tout rentra dans un repos absolu.

Ellenor se jeta tout habillée sur son lit, heureuse que son extrême fatigue et une véritable souffrance physique, vinssent par moments l'arracher à l'angoisse morale qui la menait çà et là jusques aux confins de la folie.

La fraîcheur de l'aube la fit se glisser instinctivement sous sa couverture, et, bientôt après, un sommeil vainqueur la plongea dans une sorte de néant.

1. ↑ La *flamme* est la lancette dont les vétérinaires se servent pour tirer du sang aux bestiaux.
2. ↑ Ned, abréviation familière du nom d'Édouard.

VI

La femme de chambre vint, comme d'habitude, gratter à la porte d'Ellenor, qui la renvoya sans lui ouvrir, prétextant une horrible migraine : « Vous direz à miss Monro, ajouta-t-elle, que je la prie de déjeuner seule et vous m'apporterez une tasse de thé. » Mason à peine partie, Ellenor s'élança de son lit, se déshabilla précipitamment et se recoucha de telle façon qu'en lui apportant la boisson demandée, sa suivante ne put rien noter d'extraordinaire dans l'état de sa personne, si ce n'est une excessive pâleur, à propos de laquelle cette fille manifesta une sollicitude empressée. Mais, sourde à ses questions, Ellenor s'enquit de son père, tout en s'étonnant elle-même de ce que lui coûtaient des paroles si banales, et s'effrayant par avance de la contrainte et des efforts auxquels elle se voyait désormais condamnée. C'en était fait de cette existence une, simple et loyale dont elle s'inquiétait si peu et qui ne lui avait jamais commandé le moindre déguisement.

Avant qu'elle eût achevé de s'habiller, on vint la prévenir que M. Livingstone l'attendait au salon.

M. Livingstone !… ce nom la frappa comme un écho du passé. Il appartenait à sa vie d'hier, pour jamais close. Quelques informations sommaires lui apprirent que M.

Livingstone avait d'abord demandé M. Wilkins, mais que, celui-ci n'étant pas encore en état de paraître, le visiteur avait insisté pour parler au maître de la maison ou à sa fille.

« Un mariage !… est-il bien possible qu'il soit question d'un mariage, aujourd'hui, et dans cette maison ? » se demandait Ellenor qui descendit le plus promptement possible, et dont la physionomie rigide frappa, dès qu'elle eut paru sur le seuil du salon, le malheureux prétendant qui l'y attendait avec une émotion toujours croissante. Le négligé de sa toilette, l'expression de son visage, attestaient chez la jeune fille une indifférence absolue. Par le fait, elle ne songeait qu'à congédier, et sans le moindre délai, ce soupirant importun. En la voyant, il avait fait deux ou trois pas vers elle, mais il s'arrêta terrifié, devant cette pâle et sinistre évocation : « Je crains, miss Wilkins, que vous ne soyez souffrante, balbutia-t-il dans son premier étonnement… Sans doute je suis venu de trop bonne heure : mais je quitte Hamley d'ici à une demi-heure… et j'ai cru… Grands dieux, miss Wilkins, qu'ai-je donc fait ? »

Cette dernière exclamation était motivée par un geste désespéré d'Ellenor, qui venait de s'affaisser sur le siège le plus proche, comme écrasée sous le poids de ses terribles souvenirs. M. Livingstone, qui s'attribuait cet accablement singulier, eut un moment la pensée de la relever, de la prendre sur son cœur, de la consoler, mais il la vit, au premier mouvement, se redresser par un surprenant effort d'énergie, et, debout en face de lui, attendre ce qu'il avait encore à dire. Plus décontenancé que jamais, il ne trouva plus une parole, et la jeune fille eut à reprendre le discours interrompu. « J'ai reçu votre lettre, lui dit-elle avec effort… Je désirais me rencontrer aujourd'hui avec vous, M. Livingstone, pour vous empêcher de voir mon père et de lui parler… Sans m'expliquer cette affection subite que vous dites éprouver pour moi, pour moi que vous ne connaissez point, et après une seule entrevue… j'ai à vous demander l'oubli complet d'un sentiment que j'envisage comme une folie… »

En ce moment, elle s'exprimait avec l'aplomb quelque peu dédaigneux d'une femme beaucoup plus âgée, beaucoup plus expérimentée que son interlocuteur. Cette affectation de supériorité la lui fit croire hautaine, alors qu'elle était simplement désolée : « Vous vous trompez, répliqua-t-il aussitôt avec plus de dignité que sa conduite un peu hasardée n'en aurait dû faire prévoir, ma présomption peut vous paraître excessive, mais je ne crois pas qu'elle mérite le nom de folie. Telles circonstances peuvent se rencontrer, qui justifient un honnête homme de s'éprendre ainsi, à première vue, lorsqu'il trouve réunis tous les charmes, toutes les qualités qu'il avait rêvées. Ma folie n'est donc point où vous la voyez ; ce qui est insensé, je l'avoue, c'est d'avoir cru que je pouvais vous intéresser à moi, si peu que ce fût, lorsque vous me connaissiez à peine. De ceci seulement je m'accuse, et j'en ai honte, surtout lorsque je pense à l'état où semble vous avoir mise une démarche évidemment intempestive. »

Ellenor, en effet, à qui ses jambes refusaient service, venait de se rasseoir en dépit de tous ses efforts, pour rester debout. M. Livingstone avait déjà la main étendue vers le cordon de la sonnette : « Non, lui dit-elle, attendez !... donnez-moi une minute de répit... » Et ses yeux rencontrant le regard respectueusement sympathique du jeune *vicar*, se remplirent de larmes involontaires, mais elle réprima cette malencontreuse émotion, et, par un nouvel acte de volonté, se retrouva debout. « Il me semble, reprit M. Livingstone, que je vous rendrais service en me retirant. Me serait-il, en revanche, permis de vous écrire, de vous exprimer à loisir ?...

— Non, interrompit vivement Ellenor, ne songez point à m'écrire. Vous avez ma réponse... Nous sommes, nous devons rester étrangers l'un à l'autre... Ma main est promise. Je ne vous l'aurais pas dit, croyez-le, sans le touchant intérêt que vous me témoignez aujourd'hui... Acceptez mes remerciements, mais retirez-vous. »

Le pauvre jeune homme était maintenant aussi pâle qu'Ellenor elle-même. Après un moment de réflexion s'emparant d'une de ses mains : « Que Dieu vous bénisse, lui dit-il avec émotion, vous et celui que vous me préférez !... mais le moment peut venir où vous aurez besoin d'une amitié fidèle... Laissez-moi penser que vous compterez toujours sur la mienne... ! »

À ces mots, baisant la main qu'elle lui abandonnait, il la laissa seule, assise, immobile, et comme lasse de vivre. Miss Monro, fort heureusement ne tarda pas à la venir rejoindre, pour s'enquérir de cette mystérieuse conférence avec un *gentleman* inconnu. Mais, sans écouter les réponses de son élève, elle lui raconta comme quoi la femme de ménage de M. Dunster s'était présentée, dès le matin, pour savoir ce qu'était devenu son patron, lequel n'était pas rentré la veille au soir : « Croiriez-vous, ma chère enfant, qu'il a fallu réveiller monsieur votre père pour qu'il donnât réponse à cette femme ?

— Et qu'a-t-il répondu ? demanda Ellenor dont les lèvres sèches purent à peine articuler cette question.

— Qu'il ne savait en rien ce que M. Dunster était devenu. La chose allait de soi, n'est-il pas vrai ? Aussi mistress Jackson s'est-elle excusée de son importunité, sur ce que, dînant ensemble chez un des clients de l'étude, M. Wilkins et son associé auraient fort bien pu revenir ensemble. Je suis allée moi-même, à travers la porte, expliquer à votre père les raisons et questions de cette femme obstinée.

— Et il vous a dit ?...

— Il m'a dit qu'il avait effectivement fait, à pied, en compagnie de M. Dunster, une partie de la route ; mais que celui-ci l'avait quitté vers le dernier carrefour afin de prendre, à travers champs, le plus court chemin. Du moins c'est ce que j'ai cru comprendre. Mistress Jackson suppose qu'en longeant Moor-lane, son maître aura pu trébucher et tomber dans le canal. Au surplus, il est peut-être déjà retrouvé. Votre père a demandé son cabriolet pour se rendre immédiatement à l'étude... Eh ! tenez, le voilà qui part !... Il n'a pas perdu grand temps à son déjeuner. »

Ellenor qui tenait le *Hamley Examiner*, en partie pour dérober son visage, en partie pour se donner une contenance, poussa justement alors une sorte de joyeuse exclamation : « — Ah ! quelle rencontre, disait-elle ; le colonel Macdonald met en vente ses fameuses orchidées !... Il faut que j'expédie James au prieuré d'Hartwell... je veux qu'il suive les enchères ; elles doivent durer trois jours... »

Trois jours ! répétait-elle avec une ardeur fébrile, en courant donner ses ordres au jardinier de la maison. Effectivement, il n'en fallait pas davantage pour donner au gazon remué le temps de reprendre son aspect naturel. D'ici là, miss Monro se promènerait seule dans le jardin, et miss Monro, lectrice acharnée, myope par-dessus le marché, n'était pas une observatrice fort à craindre. Mais, une fois le jardinier expédié, lorsqu'elle n'eut plus aucun soin à prendre, aucune activité à se donner, la pauvre enfant demeura aux prises avec les tristes réflexions que lui suggérait le mensonge délibéré dont venait de se rendre coupable l'homme qu'elle honorait, qu'elle aimait le mieux au monde. Il y avait là quelque chose d'inouï, de monstrueux, que sa conscience ne pouvait admettre, un ébranlement de ses croyances les plus intimes et les plus fermes. Cette catastrophe intérieure produisit en elle une immense lassitude qui amena bientôt à sa suite un irrésistible besoin de sommeil. Miss Monro, sans se douter de rien, la voyait fort souffrante et ne la quittait plus. Ellenor bientôt ferma les yeux pour ne plus rien voir et n'avoir plus rien à dire. Son père en rentrant la trouva profondément endormie, mais au moment où il se penchait vers elle avec une affectueuse sollicitude, elle s'éveilla tout à coup, et son premier mouvement fut d'enfouir sa tête sous les coussins du sofa qui lui servait de lit. Puis se ravisant, et songeant à l'interprétation que le malheureux pouvait donner à ce geste involontaire, elle se retourna vers lui, l'entoura de ses bras, et couvrit ses joues glacées de baisers qu'il n'osait pas lui rendre. Comme elle n'avait encore rien pris de la journée, miss Monro voulait lui aller chercher un bouillon.

« Ne bougez pas ! s'écria tout à coup M. Wilkins ; je vais sonner, Fletcher apportera ce qu'il faut… »

Il craignait, hélas, de rester seul avec sa fille, et celle-ci ne redoutait pas moins ce pénible tête à tête. Elle notait dans la voix de son père une singulière altération. Il ne parlait plus que par saccades et avec une contrainte évidente. Ses moindres gestes semblaient de parti pris. Il calculait une à une toutes ses phrases, en garde contre la plus légère imprudence. Ellenor devinait sous chaque réticence, sous chaque intonation affectée, le sens et la portée qu'il leur attribuait. Or elle n'avait pas prévu, au moment critique, ce mensonge, cette fraude auxquels ils allaient être condamnés ; mensonge de chaque minute, fraude permanente, hypocrisie infatigable et portant un masque a demeure. Maintenant qu'elle voyait son père désireux de la quitter et cherchant un prétexte pour s'éloigner sans donner prise aux remarques par une démarche si simple, elle comprit qu'ils allaient être désormais l'un à l'autre un perpétuel embarras, une occasion de gêne mutuelle. La présence de miss Monro leur devenait un soulagement. Un tiers quelconque, étranger à leur fatal secret, les mettrait désormais à l'aise. Et cependant, alors même que la dissimulation paternelle lui répugnait le plus, — alors qu'elle rougissait, bouleversée en face de ces honteux déguisements indispensables à sa sécurité, — la pauvre enfant ne pouvait se défendre d'une profonde commisération, en voyant peu à peu se flétrir la jeunesse longtemps conservée de cet homme jusque-là si vigoureux et de si belle apparence. Ses cheveux déjà grisonnants semblaient avoir pris une teinte plus argentée depuis la nuit fatale. Sa taille s'était voûtée. Il marchait les yeux à terre, avec une allure intimidée. Mais ce n'était pas trop de ces tristes symptômes pour éteindre, dans l'immense pitié qu'ils lui inspiraient, le mépris que ressentait Ellenor quand son père se dégradait devant elle par un des mille subterfuges auxquels il était réduit pour mieux détourner de lui tout soupçon.

Les choses, au reste, prenaient de ce côté le tour le plus favorable. On plaignait généralement M. Wilkins d'avoir placé sa confiance dans « un drôle comme ce Dunster, » capable de s'enfuir à la suite de détournements que la renommée commune disait très-considérables. On attribuait la consternation peinte sur ses traits à la conscience des embarras où cette désertion et ce vol allaient le jeter. Le sort, d'ailleurs, ne s'acharnait-il pas contre lui d'une étrange façon ? Avec la disparition de son associé coïncidait la maladie de sa fille. Aussi l'intérêt de tous leur était-il acquis. On eût regardé comme honteux de se montrer exigeant envers l'*attorney* et pas un de ses riches clients ne songeait à le presser, pour les rentrées dont il était chargé. Il n'y eut pas jusqu'à sir Frank Holster et son altière moitié, qui, mettant de côté leurs anciens, griefs, vinrent savoir des nouvelles d'Ellenor, et lui envoyèrent, par boisseaux, les fruits de leur serre.

M. Corbet se conduisait en amoureux bien appris, et manifestait les plus vives inquiétudes. Il écrivait chaque jour à miss Monro, réclamant d'elle un bulletin régulier. Il envoyait de Londres tous les appareils, tous les remèdes que les médecins de la capitale signalaient comme pouvant servir à la jeune malade. Il accourait en personne, pour peu qu'on fît luire à ses yeux l'espoir d'être admis auprès d'Ellenor, et lorsqu'il lui était permis de la voir, il la comblait de paroles si tendres, de caresses si vives, qu'elle se dérobait comme effrayée à ces témoignages d'un attachement devenu presque inexplicable pour elle.

Pourtant, une belle nuit où miss Monro devait veiller auprès de son élève endormie, une femme de chambre accourant sur la pointe du pied, et restant sur le seuil qu'elle n'osait franchir, fit signe à l'institutrice qu'un visiteur réclamait sa présence. Elle descendit aussitôt, et dans le salon trouva un ecclésiastique dont la figure lui était inconnue. M. Livingstone, car c'était, lui, ne lui laissa guère le temps de le questionner : « J'ai voyagé toute la journée, lui dit-il supprimant les préliminaires d'usage ; on m'a dit qu'elle était au plus mal, qu'elle se mourait... Ne puis-je obtenir de voir un instant son visage ?... Oh ! soyez tranquille, je ne dirai pas un mot... à peine si j'oserai respirer... mais faites en sorte que je la revoie au moins une fois. »

Miss Monro fut étrangement prise à court. Elle crut cependant devoir rassurer par quelques détails favorables, un jeune homme si vivement affecté, mais il ne la laissa pas achever, et, au premier mot d'espérance, il saisit sa main qu'il baisa deux ou trois fois avec une ferveur extraordinaire. Cette inconvenance, une fois pardonnée, sembla lui donner des droits sur miss Monro qui, après lui avoir recommandé de marcher avec toutes les précautions imaginables, le conduisit jusqu'à la porte d'Ellenor, dont la tête brune se détachait nettement sur la blancheur immaculée de ses oreillers. M. Livingstone tenait strictement sa parole. Pas un mot, pas un souffle ne sortait de ses lèvres. Il donna lui-même, une fois satisfait, le signal de la retraite, et quand ils rentrèrent au salon, l'institutrice et lui, la bonne miss Monro vit sur sa joue la trace humide encore de quelques larmes récentes : ceci, elle l'avouait volontiers depuis, lui alla tout droit au cœur. Aussi ne put-elle se refuser aux instances de l'intéressant *vicar*, lorsqu'il implora d'elle une lettre de temps à autre. Elle le put d'autant moins, qu'elle était fort pressée de mettre fin à une scène passablement extraordinaire, et de fermer la porte de la maison derrière ce sensible et romanesque jeune homme.

À peine avait-elle poussé le verrou que deux légers heurts la contraignirent à le tirer de nouveau. M. Livingstone, que les rayons de la lune faisaient paraître plus pâle, voulait s'assurer que la malade ne serait pas informée de sa visite : « il craignait, disait-il, qu'elle n'en fût offensée.

— Allez en paix, répondit miss Monro. Il se passera longtemps avant qu'elle se formalise de pareilles attentions... Le nom même de M. Corbet ne la ranime pas toujours.

— M. Corbet !... » s'écria Livingstone d'une voix étouffée. Et cette fois il partit pour tout de bon.

Ellenor, cependant, finit par se rétablir. Son organisation fut, en ceci, plus forte que son vouloir. Arbitre de sa destinée, la jeune fille serait descendue par préférence au tombeau qu'elle voyait ouvert à ses pieds et qui l'eût protégée contre les mille désastres dont la menaçait un sombre avenir.

La plupart du temps elle demeurait couchée, les yeux clos, dans un repos absolu ; mais, intérieurement, elle poursuivait ce labeur intense d'une pensée qui cherche à retrouver le calme pour jamais perdu. L'idée commençait à lui venir que si, durant l'horrible cauchemar de cette nuit désastreuse, se fortifiant l'un par l'autre, elle et son père avaient osé confesser une faute grave, un malheur plus grand encore, — qui dans l'origine et avant toute circonstance aggravante, pouvait à peine passer pour un crime, — les conséquences d'un pareil aveu, si tristes qu'elles eussent été, auraient ouvert devant eux une voie plus facile en même temps que plus droite. Mais il ne lui appartenait point de revenir sur des faits accomplis en dénonçant publiquement l'erreur, et la flétrissure paternelles. Elle prit seulement en elle-même le solennel engagement de ne jamais dévier, pour ce qui la concernait personnellement et privément, de la sincérité, de la loyauté la plus complète. Quant à l'avenir et aux terribles chances qu'il pouvait impliquer, elle, les abandonnerait à l'Être-Suprême, si pourtant — reconnaissez ici l'inspiration tentatrice, la suggestion du désespoir, — la Divine bonté voulait encore s'occuper d'une existence désormais fondée sur un mensonge.

En même temps se manifesta le châtiment infligé au principal coupable. M. Wilkins savait fort bien de quoi souffrait sa fille, sous quel poids fléchissait la juvénile énergie de cette enfant si courageuse, et ce qui lui faisait désirer une fin prématurée. Mais il ne lui était permis ni de la consoler, ni de la soigner comme il eût fait en toute autre circonstance ; ne fallait-il pas régler tous ses actes, toutes ses paroles de manière à n'éveiller aucun soupçon ? Des soupçons, il en voyait maintenant partout, et bien gratuitement à coup sûr. L'opinion publique, en effet, s'était si bien édifiée sur les prétendues causes de la disparition de Dunster, que si l'*attorney* fût venu se déclarer coupable et raconter, en pleine place publique, le jour du marché d'Hamley, comment les choses s'étaient passées, personne n'aurait voulu l'écouter. On n'aurait vu là que la preuve d'un dérangement d'esprit causé par les coups réitérés du destin. Entre un personnage d'excellente race, connu de tous depuis son enfance, et cet aventurier de Londres pour lequel les habitants de la petite ville professaient généralement une méfiance malveillante, pas une âme n'hésitait à se prononcer, et pas une volontiers ne fût revenue de son erreur.

Ajoutons à ceci le suffrage des domestiques, fort important en pareille matière. L'*attorney* était adoré de ses gens, aux yeux desquels sa générosité, son indulgence habituelle compensaient largement quelques accès d'emportement ; ils ne trouvaient rien d'extraordinaire à ce que, dans une si triste passe, leur maître charmât ses soirées solitaires par des excès de boisson toujours plus prolongés et dont l'abus allait sans cesse croissant.

Wilkins était donc tout aussi bien vu que jamais. Les invitations lui arrivaient de tous côtés, comme au plus beau temps de sa florissante jeunesse. Il s'y refusait invariablement, prenant pour prétexte l'état de sa fille. Mais si sa conduite avait été contrôlée de plus près, bien des gens auraient pu se demander comment, soucieux à ce point de la santé d'Ellenor, il évitait plutôt qu'il ne recherchait les occasions de rester auprès d'elle, depuis que la conscience et la mémoire de la jeune malade étaient rentrées, à peu de chose près, dans leur ancien équilibre. Jamais non plus elle ne l'appelait, jamais elle ne souhaitait sa présence. Cette fatale nuit de mai, sans cesse en tiers dans leurs rares tête à tête, les leur rendait effrayants et presque odieux.

VII

Ellenor se rétablit pourtant, — nous l'avons déjà dit, — et dans les premiers temps de sa convalescence, essayant de se reprendre à la vie, elle se faisait porter d'une pièce à l'autre, par toute cette maison qu'elle avait cru ne jamais revoir. Elle évitait celles-là seulement qui donnaient sur le parterre, en souvenir de ses impressions de malade qui lui avaient inspiré une sorte d'horreur pour les fenêtres témoins du crime. Les rayons même du soleil, arrivant par là jusqu'à son lit de souffrances, lui semblaient émaner de l'ange accusateur, chargé de porter la lumière dans les abris les plus cachés.

Un jour que son fauteuil de malade l'attendait à la porte du salon, et qu'elle allait se faire traîner dans ses allées de prédilection, — les plus éloignées du parterre et du bosquet qui le jouxtait, — elle ne put retenir un léger cri de surprise en voyant — à la place de Fletcher, le valet de chambre ordinairement chargé de la promener, — apparaître la tête grisonnante de Dixon… Elle ne l'avait plus revu depuis ce moment où ils luttaient de concert, par un travail assidu, contre les obsessions de leurs âmes bourrelées. Il avait l'air souffrant ; son front sévère exprimait une sorte de mécontentement soucieux qui ne lui était point habituel.

Ellenor, presque tremblante, s'enquit, lorsqu'ils se trouvèrent assez loin pour n'être pas entendus, de cette apparence maladive : « Que voulez-vous, miss Nelly ? répondit le vieux serviteur… On n'est pas de fer… et nous n'avons pas assez pensé, dans le temps, à la charge que nous prenions sur nos épaules. Je sais maintenant que pour vieillir un homme, cinquante ans ne font pas toujours la besogne d'une seule nuit… Encore si monsieur me traitait autrement… mais il me rencontre, maintenant, sans lever les yeux, sans m'adresser le moindre mot, comme si j'étais une vermine, un poison malfaisant… Voilà, miss Nelly, qui passe en vérité tout le reste. »

En parlant ainsi le brave homme, du revers de sa manche, essuyait ses yeux humides. Ellenor, faible et nerveuse, se laissa gagner par la contagion des larmes, et de sa petite main amaigrie, prenant la main ridée du fidèle serviteur, se mit à sangloter si amèrement qu'il se repentit à l'instant même d'avoir parlé.

« Mon pauvre Dixon, lui disait-elle… ma vie aussi est flétrie à jamais… Moi non plus, je ne suis plus pour lui qu'un objet de gêne et de crainte.

— Allons donc, enfant, il vous aime encore plus que tout au monde… Mais nous l'importunons, et ceci est tout simple… Au reste, mettez que je n'ai rien dit… J'ai eu tort de prendre si à cœur ses rebuffades et son silence… Savez-vous, du reste, pourquoi j'ai prié Fletcher de me céder sa tâche d'aujourd'hui ?… Le jardinier commence à trouver étonnant que vous ne preniez pas plus d'intérêt à vos platebandes et à vos massifs... Je me suis promis de causer un instant avec vous et de vous faire faire ensuite un tour de parterre... Histoire de complimenter un peu ce brave homme... Aussi bien, tôt ou tard, faudra-t-il s'y résoudre, n'est-il pas vrai ? »

Là-dessus il se mit à tirer le fauteuil dans la direction indiquée, et la pauvre Ellenor se mordit les lèvres pour retenir le cri de répugnance qui allait leur échapper : Au moment où Dixon s'arrêtait pour ouvrir la porte du *flower-garden* : « Ne m'en veuillez pas, reprit-il, ce n'est pas dureté, mais simple prudence... Il faut empêcher que les gens ne bavardent, et votre brave petit cœur affronterait bien autre chose pour l'amour de qui vous savez... Ah ! si ce pauvre maître pouvait seulement ne pas me refuser ce bonjour amical auquel j'étais habitué depuis mon enfance ?... Là, voilà qui est fait, lui dit-il encore, en la ramenant. Vous pourrez, en toute connaissance, louer le travail de nos gens, et n'aurez plus besoin de venir respirer ces bonnes odeurs étouffantes... N'est-ce pas que vous préférez l'air de nos étables ? »

Un serrement de mains d'Ellenor lui prouva qu'elle appréciait son affectueuse et délicate sollicitude. Il n'en fallait pas davantage pour rendre courage au brave homme, et lui faire accepter patiemment l'injuste éloignement de son malheureux patron.

Les lettres de Ralph Corbet comptaient au premier rang parmi les distractions de notre convalescente. Elle en recevait constamment, mais jamais sans trouble et quelquefois avec une véritable angoisse. Surpris, indigné de la conduite que le bruit public attribuait à M. Dunster, il sollicitait à chaque instant, de sa fiancée, les détails qu'il supposait lui être connus, s'abstenant d'ailleurs, par délicatesse, de la questionner sur les pertes pécuniaires que la fuite d'un infidèle associé avait pu faire encourir à M. Wilkins. C'était, en effet, une opinion généralement admise parmi les habitants d'Hamley, que Dunster avait emporté une certaine quantité des valeurs journellement déposées dans l'étude, et que M. Wilkins serait, en définitive, rendu responsable de ce détournement. Ralph Corbet aurait voulu savoir à quoi s'en tenir là-dessus, et promit à son père de ne rien négliger pour obtenir les informations les plus complètes, avant de donner suite aux arrangements convenus. Mais il fallait attendre pour cela qu'il se rendît, de sa personne, sur le théâtre des événements, car il sentait la parfaite inutilité des démarches qu'il pourrait faire par écrit auprès de M. Wilkins, ou même de M. Ness. Tout fut donc remis au mois d'août, c'est-à-dire au commencement de la *long-vacation* pendant laquelle il s'était promis de conclure définitivement et de faire célébrer son mariage avec Ellenor.

Il arriva effectivement, un samedi du mois d'août, et au lieu de prendre, comme à l'ordinaire, ses quartiers chez M. Ness, il descendit à la porte de Ford-Bank ; — ainsi était désignée, dans le pays, la demeure des Wilkins.

La maison était comme assoupie sous les brûlantes clartés du couchant, lorsque la voiture qui l'amenait s'arrêta devant le perron fleuri. Les persiennes étaient baissées ; la porte d'entrée, largement béante, laissait entrevoir, dans la pénombre du vestibule, les grands vases garnis d'héliotropes, de géraniums et de roses. Mais aucun autre signe de bon accueil ne saluait l'arrivée du voyageur. Il trouva singulier qu'Ellenor ne fût pas venue à sa rencontre, et l'eût abandonné aux soins hospitaliers de Fletcher qui, après l'avoir aidé à descendre les bagages, le conduisit dans la bibliothèque sans plus de cérémonie que le premier visiteur venu. Là, par exemple, cessa le mécontentement produit chez Ralph pour ces apparences de froideur. Comment aurait-il gardé rancune à la pauvre Ellenor quand il la vit, appuyée contre la table et la main sur son cœur palpitant, incapable de faire un pas vers lui, l'appeler seulement du regard. Quel changement, quels ravages, quelle faiblesse ! Aucun des détails qu'il avait reçus ne le préparait au spectacle de cette pâleur mortelle, de ces grands yeux noirs comme perdus dans leurs caves orbites, de cette tête dépouillée où, çà et là, quelques mèches de cheveux commençaient à boucler. La jeune fille, qui d'ordinaire ne portait pas de bonnet, avait imaginé d'en mettre un pour atténuer le fâcheux effet de ce dernier détail, mais cette coiffure la vieillissait encore, au point qu'on lui aurait donné quarante ans.

À la vue de Ralph, néanmoins, ses joues si pâles se couvrirent d'un vif incarnat, et, pour peu qu'elle se fût laissée aller à son émotion, un éclat de pleurs devenait inévitable ; mais elle savait qu'il détestait les « scènes » et parvint à réprimer toute expansion inopportune : « Je suis heureuse de vous revoir, murmura-t-elle... Et j'avais grand besoin de votre présence... » Mais, tandis qu'elle cherchait les plus douces paroles, les intonations les plus caressantes, et lissait de ses doigts effilé la chevelure du jeune homme, il n'osait lui laisser lire dans ses yeux à quel point il la trouvait changée.

Cette impression fut quelque peu atténuée quand elle reparut, un peu plus tard, en toilette du soir. Ses cheveux bruns, repoussant à peine, étaient déjà légèrement ondés. On n'en discernait pas les lacunes sous la barbe de dentelles noires qu'elle avait négligemment nouée autour de sa tête ; sur sa robe de transparente mousseline, un grand châle, aussi de dentelle noire, étalait ses riches broderies. Ses joues, ses lèvres surtout — ses lèvres parfois frémissantes, — avaient repris quelque animation. Ralph se rapprocha d'elle, attiré comme autrefois. Comme autrefois, debout auprès d'elle, il contempla ce paysage riant qui était en quelque sorte le cadre de leur amour, les longues pentes revêtues d'herbages fraîchement fauchés, et allant expirer par degrés au bord d'un petit cours d'eau babillard qui bondissait gaiement sur un lit de cailloux, en se hâtant du côté d'Hamley. Seulement il eut à se demander pourquoi le moindre bruit, venant à se produire, déterminait dans la petite main abandonnée à l'étreinte des siennes, un tressaillement convulsif.

À un moment donné, — sans que son oreille, moins susceptible sans doute que celle de la jeune fille, eût perçu le moindre son, — ce tressaillement prit le caractère d'une commotion nerveuse. Deux minutes plus tard, M. Wilkins entra dans la pièce où se tenaient les deux fiancés. Il s'empressa de prodiguer à M. Corbet les assurances de la plus cordiale bienvenue, parlant avec une extrême volubilité, mais n'accordant aucune attention à Ellenor qui, dès son entrée, s'effaçant elle-même, était retombée sur le sofa, près de miss Monro. Ce jour-là, naturellement, on dînait en famille. Ralph constata, sans trop s'en étonner, vu les circonstances, l'*envieillissement* de son futur beau-père. En revanche il le trouva, pendant et après le repas, plus causeur que jamais. Il est vrai que cette exubérance de paroles, cette verve brillante, objets d'envie pour le futur avocat, perdirent beaucoup à ses yeux lorsqu'il put les attribuer aux trop fréquentes rasades que Fletcher versait à son maître, et que celui-ci absorbait aussitôt, avec le sang-froid d'un buveur émérite. Elles ne firent longtemps que l'animer et servir de stimulant à ses étincelantes divagations, mais peu à peu le désordre se mit dans ses idées, et l'incohérence de ses propos révolta son bénévole auditeur. Aussi, désirant cacher le dégoût qui succédait à son admiration, il se leva pour aller rejoindre les deux dames du logis, dans la bibliothèque où elles s'étaient retirées. Wilkins l'y suivit, riant et plaisantant à grand bruit. — Ellenor avait-elle conscience de d'état où son père s'était mis ? — M. Corbet se posa cette question sans pouvoir l, résoudre avec assurance. Le regard triste et sérieux qu'elle dirigea sur les deux convives, au moment où ils rentraient auprès d'elle, n'exprimait ni surprise, ni contrariété, ni honte quelconque. Ce regard, à la vérité, produisit immédiatement sur l'attorney l'effet d'un puissant réactif. Il s'assit près de la fenêtre, et n'ouvrit plus la bouche que pour laisser échapper, de temps à autre, un profond soupir. Miss Monro prit un livre pour laisser aux jeunes gens la liberté d'une sorte de tête-à-tête, et après quelques propos à voix basse, Ellenor alla s'apprêter pour une promenade qu'ils venaient de concerter.

Cette excursion dans les prairies situées au bord de l'eau, fut assez triste et contrainte, malgré les splendeurs de la soirée, la grâce champêtre des tableaux qui s'offraient à leurs regards. On parla peu, Ellenor, épuisée par la marche, était forcée de faire halte à chaque instant. Son prétendu s'absorbait malgré lui dans les réflexions assez tristes que lui suggérait la conduite de M. Wilkins, bien évidemment dominé par une habitude pernicieuse et dégradante.

Ce fut avec un sentiment général de fatigue et d'ennui que nos gens rentrèrent à Ford-Bank. Miss Monro, souvent maladroite, se mit à quereller Ellenor sur l'extrême lassitude qu'elle laissait paraître après une si courte promenade. Pour échapper à ces reproches importuns, la jeune fille remonta chez elle. M. Wilkins avait disparu, sans dire où il allait. Ralph et miss Monro furent ainsi laissés à eux-mêmes pour le reste de la soirée, c'est-à-dire pour une bonne demi-heure. Le jeune avocat, qui sans cela eût trouvé pareille conférence assez insipide, avisa fort à point qu'elle pouvait lui procurer quelques-uns des éclaircissements après lesquels il courait.

Tout justement, la disparition de Dunster était (après la maladie d'Ellenor) le sujet de conversation qu'elle abordait le plus volontiers, et elle le traitait, fidèle écho, d'après les données admises par les habitants de Hamley. Le jeune Corbet apprit d'elle que l'ex-associé de Wilkins inspirait une antipathie générale ; — que jamais il ne regardait en face les personnes auxquelles il parlait ; — qu'il semblait toujours avoir à dissimuler sa pensée ou ses actes ; — qu'il avait, la veille même de son départ, tiré une forte traite sur la banque locale, sans doute en vue de sa fuite prochaine ; — qu'un individu assurait l'avoir entrevu, deux jours plus tard, dans les docks de Liverpool (malheureusement ce précieux témoin, pressé d'aller à ses affaires, n'avait pas abordé le fugitif, n'ayant encore aucun motif de suspecter ses démarches) ; — qu'après le départ de Dunster, de graves désordres, constatés dans sa gestion, avaient expliqué sa disparition soudaine. En revanche on ignorait absolument ce qu'étaient devenues les sommes détournées par lui…

« N'avait-il donc pas un ami à qui on pût s'informer de ses actions et de qui on eût droit d'attendre quelques indications au sujet de cet argent ? demanda Ralph, dont l'esprit sagace tâchait de suivre ces pistes incohérentes.

— Wilkins a écrit de tous côtés, lui fut-il répondu. Un seul parent a donné signe de vie, un cousin, négociant de la Cité. J'ai vu sa lettre ; elle se bornait à cette unique information que Dunster, il y a dix ans, avait prémédité de se transporter en Amérique, et qu'il avait lu, par manière de préparatifs, plusieurs relations de voyage en ce pays.

— Ces intentions, à dix ans de date, ne prouvent pas grand'chose, remarqua l'interlocuteur de miss Monro, secrètement égayé ; mais, reprenant aussitôt son sourire habituel : — A-t-il laissé des dettes à Hamley ?

— Pas que je sache, répliqua la bonne institutrice avec une sorte de regret, car elle se regardait comme obligée, envers les Wilkins, de jeter sur l'homme qui les avait trahis tout le blâme non contredit par la vérité des faits.

— Étrange histoire ! s'écria l'avocat.

— Pas si étrange, reprit-elle. Si vous aviez vu ces deux longues mèches qu'il ramenait sur son front chauve, son regard qui évitait sans cesse celui des autres, sa façon de manger avec son couteau lorsqu'il ne se croyait pas observé, mille autres détails enfin, vous ne trouveriez pas si étrange…

— Qu'il ait frauduleusement disparu, emportant l'argent de son associé ?… Pardon, miss Monro, mais je ne vois là aucune de ces habitudes extravagantes ou vicieuses qui expliqueraient un détournement pareil, un vol d'autant plus incompréhensible que la participation du coupable dans les bénéfices annuels de l'étude devait lui procurer, sans lui faire encourir, le moindre péril, plus de profits qu'il n'en a réalisés par son crime. M. Wilkins a-t-il pris quelques mesures pour le faire arrêter en Amérique ?… Ce n'est pas, en somme, si malaisé.

— Vous ne connaissez guère les dispositions bénignes de votre hôte, cher monsieur Ralph. Il aurait sacrifié bien plus encore et supporté avec résignation de bien autres ennuis, plutôt que de courir après une vengeance.

— La vengeance est ici hors de cause ; il s'agit simplement de justice, de justice envers les autres comme envers soi-même. On y manque lorsqu'on laisse impunis des actes dont l'exemple peut devenir contagieux. N'en doutez pas, M. Wilkins a dû agir en ce sens.

— Il y a eu des annonces, effectivement. Une prime de vingt livres a été promise par la voie du *Times*.

— Vingt livres ?… Ce n'était guère.

— Précisément, je l'ai pensé comme vous ; j'en ai même parlé à Ellenor. Elle s'est mise à trembler de la tête aux pieds : — Ah ! me disait-elle, ce n'est pas vingt livres que je donnerais, c'est ma fortune…, c'est ma vie !… » Vous comprenez bien que lui voyant cette agitation, ce désordre d'esprit, je ne suis plus revenue avec elle sur cet inabordable sujet. »

Ralph, ainsi averti, se promit de ménager, lui aussi, la pauvre enfant dont l'état nerveux lui inspirait une pitié profonde. Le lendemain était un dimanche, et, pour la première fois depuis son rétablissement, Ellenor se sentait la force d'assister au service. Encore fallut-il l'intervention de son père pour l'y décider, car elle redoutait de se trouver au pied des autels, en face de l'omniscience divine. Elle partit de bonne heure pour l'église, appuyée au bras de son futur, et tâchant d'oublier le passé, de s'abstraire dans l'heure présente ; comme ils longeaient lentement les champs où les blés d'or ondulaient encore, attendant la faucille, Ralph lui cueillit en riant un bouquet de bluets et de coquelicots, qu'elle prit de ses mains pour le passer à sa ceinture. Un vague sourire, à ce moment, errait sur ses lèvres.

Une fois dans le banc de famille, situé sur un des côtés de la nef, elle avait en face d'elle, dans la galerie supérieure, le compartiment réservé aux domestiques de Ford-Bank, placés ainsi, de temps immémorial, sous l'œil de leurs maîtres. Ellenor, déterminée à ne point écouter ce qui pouvait raviver en elle le ressentiment d'une blessure à peine close, et promenant machinalement son regard autour d'elle, aperçut en haut le visage de Dixon, plus triste, plus macéré, plus sombre que jamais. Il écoutait, lui, de toutes ses forces, cherchant une consolation dans les solennelles promesses de clémence que le prédicateur faisait entendre. Sa jeune maîtresse se sentit humiliée et punie par ce contraste frappant. Aussi sortit-elle du temple dans une extrême agitation. Elle voulait remplir son devoir ; mais ce devoir, quel était-il ? À qui s'adresser pour que la droite route lui fût montrée ? À celui-là, sans doute, qu'elle allait rendre l'arbitre de son avenir ? Mais, à celui-là même, la piété filiale lui interdirait de tout dire. Il fallait donc prendre quelque détour et personne ne possédait moins que cette loyale enfant l'art des réticences calculées, des hypothèses obscures, des énigmes insolubles. Elle entra cependant en matière, aussitôt qu'elle se trouva seule avec lui, foulant aux pieds l'herbe odorante des vastes prairies : « Ralph, lui dit-elle, affectant une sorte de gaieté, j'aurais à vous soumettre un cas de conscience… Supposez une jeune fille sur le point de se marier…

— Supposition facile, quand je vous ai à mon bras, interrompit galamment son prétendu qui la voyait un peu embarrassée de continuer.

— Ce n'est pas de moi qu'il s'agit, reprit-elle, étonnée de s'entendre mentir ainsi… J'imagine simplement une situation possible. Un des proches de cette jeune fille, — un frère, si vous voulez, — a commis un acte qui, s'il devenait avéré, jetterait un fâcheux discrédit sur toute la famille, — un acte peut-être moins coupable, en réalité, que l'opinion publique, appelée à se prononcer, ne le jugerait immanquablement… Eh bien, cette jeune fille doit-elle rompre l'engagement contracté, dans la crainte où elle est d'exposer son mari au déshonneur qui peut, d'un moment à l'autre, rejaillir sur elle ?

— Certainement non,… à moins qu'elle ne lui ait fait connaître, au préalable, les motifs d'une résolution si extrême.

— Permettez !… Il faut encore supposer qu'elle ne le peut point.

— À votre tour, permettez !… je ne puis pas m'ériger en juge de cas de conscience purement hypothétiques. Avant de me prononcer, je veux avoir des faits réels à peser et à débattre… Voyons, Ellenor, de qui parlez-vous là ? continua-t-il un peu brusquement.

— De personne, en vérité,… de personne, répliqua-t-elle effrayée… Pourquoi supposer que j'aie quelqu'un en vue ? Ne m'arrive-t-il pas, chaque jour, de me placer dans telle ou telle situation critique, et de me demander ce que j'aurais à faire, ce que je ferais pour en sortir honorablement ?

— En ce cas, c'est bien de vous qu'il est question ?… Cette fiancée en l'air, dont le frère fantastique s'est rendu coupable d'un forfait imaginaire, est bien miss Ellenor Wilkins ?

— J'y consens, si cela vous arrange, répondit-elle assez contrariée de se voir ainsi mise en scène… Et, cela étant, quel est votre avis ? »

Il se taisait, absorbé dans ses réflexions.

« Ma question, j'espère, n'a rien de déplacé, reprit-elle timidement.

— Ne vaudrait-il pas mieux, répliqua-t-il avec affection, me mettre au courant, sans rien garder à part vous, des préoccupations qui vous tourmentent ? Ces questions vous ont été suggérées par un événement quelconque. Vous mettez-vous à la place d'une personne dont vous auriez tout récemment entendu parler ?… C'était assez votre habitude, quand vous n'étiez encore qu'une enfant.

— Non… et l'interrogatoire auquel je vous soumets me semble, en y songeant, tout à fait ridicule… Voici M. Ness qui vient tout à propos y mettre un terme. »

Le bon ecclésiastique se montrait, en effet, à quelque distance, sur le chemin de halage où il venait de descendre. Mais, plus qu'elle ne le croyait, Ellenor avait laissé pressentir l'intérêt personnel qu'elle pouvait prendre à la solution des questions posées par elle. Ralph, pour le moins aussi surpris de son attitude que de ses propos, demeura persuadé qu'il y avait là un secret à démêler, et l'idée lui vint que ce secret pouvait bien avoir quelque rapport avec la disparition de Dunster.

Les réflexions qui lui furent ainsi suggérées aboutirent, le lendemain lundi, à une espèce d'enquête privée qu'il mena très-adroitement, parmi ses connaissances de Hamley, sur le caractère, la position, les procédés habituels de M. Dunster, comme aussi sur les affaires passablement embarrassées de M. Wilkins. On attribuait ce désarroi momentané à l'importance des sommes que l'associé fugitif avait dû emporter avec lui, et à la brèche ainsi faite dans le capital roulant de l'étude. Mais le jeune Corbet n'admit point cette interprétation. Il s'était habitué de bonne heure à interpréter les actes humains par leurs plus infimes mobiles, et crut comprendre qu'il s'agissait ici d'une honteuse complicité. M. Dunster, selon lui, largement payé par M. Wilkins pour s'éclipser à propos, n'était que le prête-nom d'une faillite concertée, le bouc émissaire des folles dépenses faites par son intempérant patron désormais en mesure de rejeter sur les épaules du fugitif la responsabilité du désordre introduit dans les affaires communes.

Le soir même, trouvant Ellenor occupée devant son chevalet à terminer une aquarelle, il n'hésita pas à reprendre l'entretien de la veille.

« J'ai réfléchi, lui dit-il, à votre question. La jeune fille doit, je le crois encore, avouer à celui qu'elle aime, le déshonneur qui le menace… qui menace, veux-je dire, la famille où il doit entrer… La sincérité dont elle lui aurait ainsi donné preuve ne saurait que la lui rendre plus chère.

— Ne se pourrait-il pas, balbutia Ellenor, plus que jamais appliquée à son travail, que l'aveu dont vous parlez soit de ceux qu'on ne doit jamais faire, quoi qu'il puisse arriver du silence que l'on aura gardé ?

— Toute chose est possible répliqua-t-il avec une froideur plus marquée… Mais jusqu'à ce que j'en sache plus long, il m'est impossible de me prononcer. »

Cette réserve glaciale eut l'effet qu'il devait en attendre. Ellenor posa son pinceau et cacha sa tête dans ses mains. Puis, après un instant de silence, elle se tourna vers lui, et lui dit :

« Je sais que je puis mettre en vous toute confiance. Ne me demandez pourtant pas autre chose que ceci : la jeune fille, c'est moi. Son bien-aimé, c'est vous. Un déshonneur possible menace mon père… si vient jamais à se découvrir une chose… une chose affreuse… dont il n'est cependant qu'à moitié coupable.

Bien qu'il s'attendît à quelque confession de ce genre, et bien qu'il s'imaginât savoir de quoi il était question, Ralph sentit son cœur se serrer, et pour un moment il perdit de vue cette belle tête qui, penchée vers la sienne, épiait, ardemment et dans les moindres nuances, l'expression de sa physionomie. Mais sa présence d'esprit ne lui fit pas longtemps défaut. Il prit Ellenor dans ses bras, il la remercia de sa confiance ; entre deux baisers, il lui promit une fidèle sympathie, un attachement inaltérable,… ce qui ne l'empêcha pas de se trouver fort soulagé lorsque le premier coup du dîner le rendit à la libre disposition de lui-même.

VIII

Ralph Corbet avait donné sa parole qu'il ne ferait pas d'autres questions à Ellenor : mais sa curiosité n'en restait pas moins en éveil. Il entrevoyait bien l'enchaînement général des événements qui avaient dû avoir lieu ; les détails cependant lui échappaient, et il eût voulu ne rien ignorer. Aussi arriva-t-il quelquefois que le nom de Dunster était amené par lui, de manière ou d'autre, dans le cours de la conversation. M. Wilkins tombait aussitôt dans une sorte d'accablement soupçonneux ; il se taisait, il lançait à la dérobée, sur son interlocuteur, des regards inquiets. Quant à Ellenor, convaincue d'avoir agi selon le devoir, — du moins selon les inspirations de sa conscience, — et ne voulant à aucun prix douter de l'amour de Ralph, elle fermait obstinément les yeux aux menaces de l'avenir et se laissait aller, sans vouloir l'atténuer par le moindre doute, au sentiment de sa félicité actuelle. Elle aurait pu constater chez son prétendu moins d'expansion et de gaieté qu'il n'en avait montré jusque-là : mais M. Corbet n'avait habituellement rien d'évaporé. Grave, réservé, silencieux par nature, il ne prêtait guère à ce genre d'observations et pouvait, sans qu'on s'en aperçût, se renfermer en lui-même.

Il annonça, peu de jours après, le mariage prochain de son frère, hâté par quelque événement survenu dans la famille du Duc. Les Corbet lui donnaient rendez-vous à jour fixe pour l'emmener à Stokely-Castle. Il avait des actes, des contrats à examiner, à signer. Bref, il fallait partir sans retard. Peut-être n'eût-il pas donné tant de bonnes raisons sans l'espèce de contrainte où il vivait à Ford-Bank, et le secret plaisir qu'il éprouvait à quitter, au moins pour un temps, ce séjour dont la confidence d'Ellenor semblait avoir détruit le charme. Instinctivement, il se sentait là sous une influence contraire à ses intérêts bien compris. La présence continuelle d'Ellenor, l'attraction qui le tenait assidu près d'elle, gênaient en quelque sorte la liberté de ses calculs. À distance, il apprécierait mieux la situation et les remèdes qu'elle pourrait comporter.

M. Wilkins voyait aussi sans trop de peine s'éloigner son futur gendre, dont la gravité vigilante le déconcertait par moments. Ellenor n'était pas assez complétement remise pour qu'on pût songer à la marier : d'ailleurs, et s'il en eût été autrement, la dot promise aurait peut-être fait défaut. Puis il était contrariant d'avoir chez soi, constamment, la nuit comme le jour, un observateur assidu, un impitoyable flâneur qui hantait parterres et jardins, furetait dans les moindres cours, questionnait à droite et à gauche, et pouvait se croire le droit de se montrer curieux, sans qu'on eût celui de crier à l'impertinence.

Ellenor regretta Ralph et ses graves assiduités. Quand il eut pris congé, la pauvre enfant monta, tout courant, à une fenêtre de l'étage supérieur, pour accompagner du regard, le plus loin possible, le léger cabriolet qui l'emportait loin d'elle. Puis elle posa ses lèvres sur le carreau de vitre où lui était apparue, en dernier lieu, la tête de son bien-aimé, le bras qu'il agitait vers elle en signe d'adieu.

La famille du jeune avocat ne fut pas longtemps à s'apercevoir qu'il s'était passé à Ford-Bank quelques incidents de nature à brouiller les cartes ; mais les artifices maternels, les cajoleries de ses sœurs, ne purent entamer la réserve dont maître Ralph se cuirassait volontiers. Il se montra respectueusement mécontent, lorsque son père affecta de traiter à la légère les conventions faites avec « ce grand finaud de Wilkins, » et il prit soin de lui rappeler qu'on ne se jouait pas sans péril des engagements consacrés par la loi. Toutefois au fond de cette belle résistance, se cachèrent quelques arrière-pensées d'affranchissement ultérieur, que le jeune homme, du reste, se reprochait comme autant d'inspirations messéantes et coupables.

À Stokely-Castle, pendant les fêtes du mariage, il se trouva mêlé, pour la première fois sur un pied de parfaite égalité, à quelques représentants des plus grandes familles du pays. Certains d'entre eux comptaient parmi les patrons de M. Wilkins, et il les entendait parler de lui, sans aucune malveillance, mais avec une familiarité quelque peu dédaigneuse. Ils blâmaient les présomptueuses velléités de ce « pauvre garçon, » ses dépenses extravagantes, son peu d'assiduité au travail, la négligence qui l'avait amené à devenir la victime d'un associé fripon ; — enfin, et par-dessus tout, l'étrange faiblesse dont il faisait preuve en s'abandonnant à des excès de table doublement pernicieux pour un homme de son âge et de sa profession.

Un des parents de lady Maria, un Brabant comme elle, ministre d'État en exercice, avait honoré la noce de sa présence. Il resta même quelques jours de plus que les autres invités, et trouvant sous sa main, dans lai personne le maître Ralph, un jeune aspirant aux carrières politiques rempli d'ardeur et d'intelligence, — fort capable d'ailleurs de lui rendre quelques services sur les *hustings* ou dans la presse périodique, — il entreprit de le conquérir à ses idées. Ses coquetteries d'homme d'État ne furent point perdues : notre jeune *barrister*, complétement empaumé, promit à lord *** d'aller bientôt le retrouver dans la capitale.

Les vacances passaient ainsi très-rapidement ; mais Ralph s'était engagé envers Ellenor à ne pas retourner à Londres sans l'avoir revue. Il quitta donc un beau matin les pompes et les plaisirs de Stokely-Castle pour se rendre directement à Ford-Bank. Entre ces deux résidences le contraste était un peu vif. Parti après un déjeuner somptueux, escorté jusqu'à sa voiture par de grands laquais chamarrés, exacts et polis comme des machines, le futur chancelier trouva le salon de Ford-Bank occupé par un domestique en négligé qui n'avait pas encore mis au net, à trois heures de l'après-midi, cette pièce peu hantée. La vue de cet homme en gilet de coton rayé, les manches retroussées jusqu'au coude, et qui, en venant lui ouvrir, dépouillait à grand'peine un tablier bleu d'une propreté douteuse, cette vue affecta désagréablement le jeune aristocrate. De même ces fleurs fanées qu'Ellenor, trop faible encore pour vaquer à ses besognes habituelles, n'avait pas encore remplacées, depuis l'avant-veille, et qui penchaient tristement leurs têtes flétries au bord des vases poudreux. De même Ellenor, quand elle parut, et lorsqu'elle fut sans le savoir comparée aux belles ladies, aux élégantes héritières de Stokely-Castle. Sa coiffure datait de deux ans, la taille de sa robe ne descendait ou ne remontait pas assez (je ne sais lequel) ; ses manches n'avaient ni l'ampleur, ni la coupe exigées par la mode la plus récente. De là, mille comparaisons désobligeantes. Ralph, pourtant, se piquait à la fois de sérieux et de délicatesse. Il ne lui eût pas convenu de laisser aucun calcul sordide se glisser dans ses idées de mariage. Seulement la perspective d'un ménage à l'étroit lui devenait de plus en plus désagréable.

À plus forte raison ses nouvelles relations avec lord Bolton — ce membre du cabinet qu'il avait rencontré à Stokely-Castle, — n'étaient point faites pour lui démontrer la sagesse d'un hymen prématuré. Il trouvait autour de ce personnage important, célibataire émérite et résolu, cet idéal d'ordre, de ponctualité, de savante économie dont le résultat est de laisser l'esprit se mouvoir librement dans les sphères intellectuelles, sans qu'il ait à se préoccuper des besoins inférieurs, des tracasseries de ménage. Allait-il au contraire chez ceux de ses contemporains qui déjà traînaient le boulet conjugal, il voyait de près, il pouvait apprécier les lacunes, les cahots, les désagréments de ces intérieurs trop tôt inaugurés. Ajoutez à l'effet d'un contraste si frappant, le souci de ce déshonneur possible, suspendu, comme l'épée de Damoclès, sur la famille dont il allait faire la sienne, et vous vous expliquerez sans peine qu'à, certaines heures d'abattement, de découragement, telles qu'en ont connu les plus fermes caractères, il fût comme hanté par une sorte de cauchemar, en songeant à ce coup de tête imprudent qui le liait sans retour possible.

Ce fut dans cette disposition d'esprit que le trouvèrent les vacances de Pâques. Il alla d'abord, selon sa coutume et son devoir, passer quelques jours dans sa famille. Là, mille tiraillements, mille ennuis domestiques lui firent penser avec moins d'effroi qu'on l'attendait à Ford-Bank. Ellenor, avec ce tact particulier que l'amour développe si vite chez la femme, s'était aperçue des menus détails qui choquaient par moments les instincts et les goûts naturellement raffinés de son prétendu. Autant dire qu'elle cherchait à y porter remède, mais pour la première fois de sa vie, elle se heurtait à un obstacle inattendu, le manque d'argent. Habituée par miss Monro à ne laisser aucune dette en souffrance, elle était souvent à court, même vis-à-vis des domestiques, et l'achat des graines destinées à renouveler le parterre fut, cette année-là, une occasion l'incertitude, presque de remords.

En même temps semblaient s'aggraver les tristesses, les secrètes anxiétés qui troublaient l'humeur de son père. Plus que jamais il évitait de se trouver seul avec elle. Aussi ne recouvrait-elle, minée par la conscience de l'espèce de complicité qui mettait entre eux une barrière invisible, ni sa gaieté, ni sa fraîcheur d'autrefois. — « Pauvre miss Wilkins, disaient en hochant la tête les gens qui venaient à sa rencontre… Avant cette fièvre, qu'elle était jolie !… »

La jeunesse pourtant reste la jeunesse, et possède un ressort que rien ne saurait détruire. Bien souvent, Ellenor, réagissant contre sa mélancolie habituelle, ne voyait plus dans le meurtre de Dunster qu'un homicide purement fortuit, et par conséquent excusable. Elle aurait voulu amener son père à cette conviction rassurante, mais il fallait aborder ce sujet, et il témoignait assez qu'il éprouvait une invincible répugnance à laisser évoquer un si tragique souvenir. Jamais, il est vrai, il ne lui avait parlé avec irritation, même lorsqu'elle cherchait une voie détournée pour en venir à lui faire accepter un pareil entretien ; mais, devant elle, il se laissait parfois aller à d'étranges emportements… Cependant, au plus fort de sa colère, s'il venait à rencontrer le regard terrifié de sa fille, il faisait pour se calmer et prendre sur lui-même un tel effort, qu'il lui en coûtait parfois des larmes, des sanglots nerveux, terribles à voir. Ellenor ne comprenait pas que ces faiblesses séniles étaient la suite des habitudes d'intempérance qu'il avait peu à peu contractées ; elle n'y voyait que les symptômes effrayants d'une conscience bourrelée, et s'épuisait en vains efforts pour ramener dans cette âme agitée un peu de la sérénité d'autrefois. À ce travail ingrat ses forces morales, sa beauté, sa jeunesse s'usaient peu à peu. Dans tous les détails matériels de la vie, miss Monro lui était un précieux auxiliaire, d'autant que cette excellente mais inintelligente personne, ne pouvait en aucune circonstance démêler ce qui se passait dans le cœur de son élève, et ne lui imposait par conséquent aucune crainte. Quant à Dixon, il restait le fidèle allié de la jeune fille, bien qu'ils échangeassent à peine quelques paroles, de temps à autre, et sur des sujets tout à fait indifférents ; mais leur mutuel silence n'avait rien de commun avec celui que gardaient Ellenor et son père vis-à-vis l'un de l'autre. Il tenait à cette pitié, encore mêlée de respect, dont ils se sentaient émus pour l'homme coupable qu'ils avaient si bien aimé.

Tel était l'état des choses à Ford-Bank, lorsque le jeune Corbet y revint avec la conscience d'un véritable sacrifice accompli. N'avait-il pas fallu renoncer, pour cette visite, à deux ou trois de ces invitations qu'il appréciait par-dessus toutes, et pour lesquelles il négligeait les fêtes les plus attrayantes : invitations substantielles, pour ainsi dire, qui l'eussent mis en rapport avec les gens les mieux placés pour lui servir d'appui et de marchepied. Il ne s'était résigné à manquer ces occasions précieuses que par suite de son rigide attachement aux principes, et par respect pour sa promesse, qu'aucune considération humaine ne devait lui faire oublier. Mais ce profond respect de lui-même n'empêchait ni les regrets qu'un pas de clerc laisse à tout homme bien avisé, ni surtout les impatiences que lui causaient les petites algarades de son futur beau-père, moins réservé, moins maître de lui et plus irritable que jamais. De ces regrets, de ces impatiences naissait tout un ordre de réflexions pénibles. Que devait-il attendre de son mariage avec Ellenor ? Il aurait une femme de santé faible, ce qui ajouterait encore au surcroît de dépenses qu'entraîne la vie conjugale. Il aurait pour beau-père un homme dont la considération, si locale d'ailleurs, si restreinte et d'un ordre si inférieur, allait s'atténuant chaque jour, détruite par de fâcheuses et dégradantes accoutumances ; un homme, ensuite, dont le jovial entrain, l'hospitalité souriante étaient remplacés par une sorte de bouderie permanente, compliquée de capricieux emportements. Quelques difficultés étaient à prévoir pour le règlement définitif de la dot. Et puis cette chance menaçante qui, d'un instant à l'autre, pouvait se présenter, cette découverte qui jetterait un si fâcheux discrédit sur le nom des Wilkins… Corbet croyait tenir le mot de cette espèce d'énigme posée à sa pénétration ; mais l'hypothèse où il le plaçait, — celle d'un concert frauduleux entre Dunster et Wilkins, pour réhabiliter la réputation compromise de ce dernier, — n'avait rien qui satisfît le sagace avocat. Il voyait là une bassesse, à défaut d'un délit, et cette bassesse avait de quoi révolter un homme aussi rigoureux en matière de point d'honneur. Aussi, se tournant et retournant sur le lit où il ne trouvait pas facilement le sommeil, déplorait-il toutes les circonstances qui l'avaient rapproché d'Ellenor ; mais, quand il descendait le matin, encore tout fiévreux, et que sa pâle fiancée venait, avec une grâce touchante, passer dans sa boutonnière la fleur fraîchement cueillie à son intention, il sentait tout ce qu'il avait de meilleur en lui se révolter contre les tentations de l'esprit nocturne, et il lui semblait impossible d'agir autrement qu'en honnête homme, en bon et loyal fiancé.

Par malheur, à mesure que le jour avançait, la tentation devenait plus forte. M. Wilkins se montrait, et aussitôt Ellenor, assidue auprès de son père, semblait oublier maître Ralph. Celui-ci se choquait alors de mille détails vulgaires, sur lesquels, plus réellement épris, il eût très-facilement passé. Il lui était odieux d'entendre le maître de la maison récriminer, en grondant, contre l'insipidité des plats qui ne réveillaient point son palais blasé par les excès de la veille. Au lieu de ces causeries animées parmi lesquelles se perd la question du boire et du manger, il subissait de fastidieux détails de cuisine et assistait à d'impatientants débats qui mettaient à nu, devant lui, les petites misères de l'économie domestique. Avant la fin de ces tristes déjeuners, Ellenor avait pris l'aspect fatigué d'une femme de trente ans, et c'en était fait, pour toute la journée, de sa vivacité première. D'ailleurs, maintenant que les mille riens de l'amour heureux n'alimentaient plus leurs entretiens, de quoi causer avec elle ? Les livres nouveaux, elle ne les connaissait point, ni les récentes productions de l'art, ni les menus détails qui composent la vie du monde. Restaient ses occupations journalières, ses soucis de maîtresse de maison, ou bien encore les charités dont elle s'occupait avec zèle. Si encore elle eût été capable de discuter éloquemment les nombreuses questions qui se rattachent à la situation du paupérisme, le futur chancelier l'aurait écoutée ; mais il ne pouvait prendre grand intérêt, ni au rhumatisme de Betty Palmer, ni aux convulsions du petit dernier de mistress Ray. Quant à la politique, Ellenor n'en savait pas les premiers éléments, et Ralph s'impatientait parfois de son éternelle adhésion à toutes les opinions qu'il exprimait devant elle.

Il en vint à trouver quelque distraction dans la présence de miss Monro qui apparaissait, règle générale, l'heure du *luncheon* sonnée. Venait ensuite la promenade. Le plus souvent, on allait chercher en ville M. Wilkins, et, de temps à autre, on le trouvait dans un état qui ne laissait guère de doute sur l'emploi de sa journée. Ellenor mettait aisément sur le compte des migraines dont il se plaignait, certains symptômes que Ralph interprétait sans s'y tromper. Un jour, entre autres, la démarche de l'*attorney* était si incertaine, sa diction si embarrassée, sa langue si épaisse, qu'il fallut lui donner le bras et guider sa marche, sous peine de quelque fâcheux éclat. Or, tandis que Ralph se consacrait avec une, rage secrète, mais avec les formes les plus affectueuses, à cette mission de charité filiale, vinrent à passer deux *gentlemen* qu'il avait rencontrés naguère dans les salons de lord Bolton. Ils étaient à cheval, et jetèrent en passant, sur le groupe de famille, un regard étonné, suivi d'un salut qui exaspéra notre jeune ambitieux, désolé d'avoir été officiellement rencontré au bras d'un ivrogne.

Il se contint pourtant jusqu'à Ford-Bank, mais profita de ce qu'Ellenor voulait reconduire son père et veiller à ce qu'il se mît au lit, pour aller ruminer en paix, dans les allées de la pépinière, sa fureur rentrée. Je dois dire qu'en ce moment il cherchait, comme malgré lui, une issue quelconque à une situation devenue presque intolérable. Tout à coup, et sans que rien le lui eût fait pressentir, une petite main se glissa le long de ses bras croisés sur sa poitrine, et les yeux d'Ellenor, tristes et doux, vinrent questionner son regard. « Ce pauvre père, disait-elle, si vous saviez comme ces maux de tête le font souffrir ! »

Ralph ne répondit rien. Les souffrances de M. Wilkins n'éveillaient en lui aucune sympathie, et il cherchait en lui-même, depuis un instant, la force de se montrer désobligeant ; mais comment s'y prendre envers un être si doux et si malheureux ?… « Vous souvenez-vous, dit-il enfin, vous souvenez-vous, Ellenor, de la conversation que nous eûmes l'automne dernier ? »

Elle baissa la tête, puis, comme un des bancs du jardin se trouvait à portée, elle s'assit sans articuler un seul mot.

« Ce déshonneur dont vous me parliez… vous savez ?… »

Pas de réponse.

« Ce déshonneur vous menace-t-il encore ?

— Oui, murmura-t-elle avec un profond soupir.

— Et votre père, sans nul doute, ne l'ignore point ?

— Il le sait, répondit-elle et du même ton, après quoi le silence régna de nouveau.

— C'est cette pensée qui l'accable et le ronge, continua Ralph avec plus d'assurance.

— Je le crains, dit encore Ellenor d'une voix qu'on entendait à peine.

— Vous devriez me dire tout ce qui en est, ajouta Ralph dont l'impatience semblait augmenter. Peut-être serais-je à même de vous venir en aide.

— Non,… Vous n'y pouvez rien, répondit Ellenor. Je vous ai fait un aveu qui pèse maintenant à ma conscience,… mais ce n'était pas pour solliciter le moindre secours… Je n'en avais pas besoin ;… je voulais simplement savoir s'il était permis à une personne dans ma position d'épouser quelqu'un en lui laissant ignorer à quoi l'exposait un pareil mariage, en lui cachant ce qui pourrait arriver,… ce qui, j'espère, n'arrivera jamais.

— Mais ne voyez-vous pas, chère enfant, que si je ne suis pas plus instruit, je me trouve précisément,… vous devez cependant le comprendre,… dans la position de cet homme que vous ne pensez pas pouvoir épouser sans lui faire tort !… Pourquoi cette réserve, ce manque de franchise ?… et comment dois-je l'interpréter ? »

Son accent, ses gestes manifestaient une certaine irritation. Ellenor se pencha pour mieux le regarder au visage et comme pour aller chercher la vérité jusque dans les plus intimes refuges de son cœur. Puis elle lui dit, avec le calme le plus parfait :

« Vous voulez, n'est-ce pas, que notre engagement soit rompu ? »

La rougeur monta au front de Ralph qui, tout aussitôt s'emportant :

« Que dites-vous là ? Ne puis-je faire une question, hasarder une remarque, sans m'exposer à cette injure ? Est-ce votre mal qui vous met en tête d'aussi étranges caprices ? Ai-je mérité que vous doutiez de moi, quand j'ai affronté pour m'attacher à vous ?... »

Cette dernière phrase resta suspendue. Ralph allait ajouter « l'opposition de toute ma famille, » mais il s'arrêta court, se rappelant que les malveillantes insinuations de sa mère l'avaient plutôt encouragé dans son projet d'hymen, et se disant en outre qu'il n'était guère délicat de révéler à Ellenor combien l'idée de l'avoir pour bru souriait peu aux parents de son fiancé.

Ellenor contemplait en silence, mais sans les voir, ces vastes prairies. Elle mit enfin sa main dans celle de Ralph :

« J'ai eu tort, dit-elle,... Je dois me fier à vous ;... je crains d'avoir encouru vos reproches, de m'être montrée capricieuse et peu raisonnable. »

Le jeune homme, ici, fut embarrassé ; car, au fond, en le regardant avec cette attention persistante, sa fiancée avait réellement pénétré le vague et secret mobile de ses pressantes questions. Il s'efforça pourtant, par quelques caresses contraintes, quelques paroles plus ou moins d'accord entre elles, d'effacer complétement cette impression passagère. Nos jeunes gens revinrent bientôt après du côté de la maison. Ellenor courut savoir comment allait son père. Ralph, rentré dans sa chambre, se reprochait, mécontent de lui-même, et ce qu'il avait dit et ce qu'il n'avait osé dire. L'avenir ne lui apparaissait pas précisément sous les couleurs les plus riantes.

Ni lui, ni M. Wilkins n'apportèrent au dîner des dispositions très-favorables. Leur mauvaise humeur, contenue pourtant en de justes bornes, se traduisit par un silence de mauvais augure. Tant qu'Ellenor et miss Monro restèrent à table, elles maintinrent la bonne harmonie apparente, grâce à ce bavardage futile dont les femmes s'entendent si bien, en pareil cas, à remplir les lacunes d'une conversation mal soutenue. Mais, à peine Ralph eut-il refermé la porte derrière elles, M. Wilkins alla prendre sur le buffet une bouteille qui n'était pas encore entrée en lice :

« Un peu de cognac dit-il avec, une affectation de négligence, remplissant jusqu'aux bords un verre à bordeaux ; excellent remède contre la migraine ; et ma tête me fait un mal !…

— Tant pis, répliqua sèchement son grave convive ; j'avais justement à vous parler affaires.

— Qu'à cela ne tienne !… vous pouvez jaser…, On est de sang-froid, si c'est là ce qui vous inquiète.

— Soit, reprit Corbet avec un acquiescement dédaigneux. Il s'agit de mon mariage que je voudrais voir arrangé pour le mois d'août. Ellenor va beaucoup mieux et me paraît tout-à-fait de force à supporter les fatigues de Londres. »

M. Wilkins ne répondit pas. Il regardait son futur gendre d'un air quelque peu égaré.

« Je me chargerai de faire dresser les actes nécessaires, reprit celui-ci, conformément à nos précédentes stipulations, et de manière à ce que le capital apporté par Ellenor soit employé comme nous en sommes convenus. »

Ce mot de « capital » éveilla dans le cerveau de M. Wilkins l'idée que la somme promise ne serait pas facile à se procurer. Il faudrait recourir aux prêteurs d'argent qui, depuis quelque temps, se montraient moins abordables et stipulaient des intérêts usuraires pour les moindres avances qu'on leur demandait. Aussi rêva-t-il assez mal à propos qu'il pourrait obtenir une diminution quelconque sur le chiffre des engagements pris. Mal à propos, disons-nous, car il aurait dû mieux connaître Corbet et le savoir incapable de consentir à pareille diminution sans qu'on lui donnât d'excellentes raisons, ou tout au moins l'espérance fondée de voir compenser plus tard, au moyen d'avantages équivalents, le, sacrifice auquel il lui faudrait actuellement se résoudre. Quoi qu'il en soit, étourdi par les fumées du vin :

« Voyons, Ralph, lui dit l'*attorney*, vous n'allez pas ainsi me serrer le bouton. Je me suis engagé, c'est vrai, mais avant de connaître exactement la situation de mes affaires.

— C'est-à-dire, je pense, avant la disparition de Dunster ? reprit M. Corbet, fixant sur son interlocuteur un regard curieux.

— C'est cela même, avant que Dunster eût…, » murmura M. Wilkins, devenu très-rouge et qui laissa inachevée, cette phrase embarrassante.

Ralph se demanda si l'état où il voyait son futur beau-père, et les avantages que lui donnait leur situation réciproque, ne le mettaient pas à même d'obtenir de précieuses indications sur le désastre dont la menace l'avait tant de fois préoccupé. Or, une fois ce désastre connu, il serait plus à même de s'en préserver, — au besoin, plus à même d'en préserver les autres.

« À propos, recommença-t-il, n'avez-vous rien pu savoir de ce Dunster, depuis qu'il est parti pour le Nouveau-Monde ? »

L'accent presque ironique de cette question donnait à cette expression « le Nouveau-Monde » un double sens qui suscita chez Wilkins un mouvement mêlé de terreur et de colère. Ce mouvement fut si marqué, que Ralph tressaillit d'étonnement. Tous deux se levèrent à la fois, comme poussés par le même ressort. Livide, tremblant, hors d'état d'articuler nettement un mot, l'*attorney* s'efforçait en vain de parler.

« Mon Dieu, monsieur, qu'arrive-t-il ? » s'écria Ralph alarmé par ces symptômes d'une véritable souffrance physique.

M. Wilkins s'était rassis et, sans ouvrir la bouche, l'éloignait du geste.

« Ce… n'est… rien… dit-il enfin avec effort. Des élancements dans la tête… Mais, monsieur, ne me regardez pas ainsi, je vous prie. Il est particulièrement désagréable de se voir examiné avec une pareille insistance.

— Mille excuses, » repartit Ralph, tout à coup rendu à son sang-froid hostile par l'accueil que recevait un premier mouvement sympathique. Mais, bien qu'il ne songeât plus qu'à satisfaire sa curiosité, il hésita quelques instants encore, ne sachant si la conversation avait été interrompue par une crise mentale ou simplement par une souffrance physique. Pendant ce répit, M. Wilkins, attirant à lui la bouteille d'eau-de-vie, s'en versa un grand verre qu'il vida d'un seul trait, après quoi il se mit à regarder son hôte avec autant de persistance que celui-ci en mettait à observer les mouvements de son visage. Mais si l'attention apparente était la même des deux parts, l'expression des deux physionomies n'était pas, à beaucoup près, identique.

« De quoi parlions-nous donc ? demanda Ralph, à la fin, avec une affectation de négligence distraite, et comme s'il eût réellement oublié le sujet de quelque discussion peu importante, suspendue par quelque accident insignifiant.

— D'une chose sur laquelle vous seriez bien avisé de vous taire, grommela M. Wilkins d'une voix querelleuse et comme épaissie.

— Vous dites ? s'écria Ralph qui bondit littéralement sous cette injure de l'*attorney* Wilkins.

« — Je dis ce qui est, repartit ce dernier. J'entends mener mes affaires à moi seul, sans être sujet à un contrôle importun, à des questions indiscrètes. J'ai déjà donné cet avis à quelqu'un qui s'est mal trouvé de ne pas l'avoir suivi. Si vous n'y voulez point déférer, si vous devez persister à me tenir sur la sellette, à me poursuivre de vos regards effacés, comme vous faites depuis une demi-heure, eh bien, vrai, j'aimerais mieux vous voir prendre le chemin de la porte. »

Ralph éprouva la tentation de ne pas laisser perdre un si beau prétexte et de s'échapper à l'heure même. Il se contint, cependant, « pour ne pas, disait-il, enlever à Ellenor sa dernière chance ; » mais il n'était animé d'aucun désir de conciliation, quand il reprit l'entretien :

« Vous avez, monsieur, trop librement usé de ceci, dit-il en montrant le flacon de liqueur. La conscience de vos paroles vous manque absolument, ce qui me dispense de les relever. Si je n'en étais pas convaincu, je quitterais cette maison à l'instant même, pour n'y rentrer jamais.

— Ah ! c'est là votre manière de voir ? répondit M. Wilkins, essayant de se tenir debout et affectant les dehors de la sobriété méconnue. Eh bien, monsieur, si vous vous avisez jamais de me parler, de me regarder comme vous l'avez fait aujourd'hui, je vous préviens que je sonnerai mes gens afin qu'ils vous reconduisent. Tenez-vous pour averti, mon camarade ! »

Il se rassit là-dessus, avec le rire idiot de l'ébriété triomphante. La seconde d'après, il sentit son bras dans la

116

main de Ralph qui, sans rudesse, mais par une irrésistible étreinte, le tenait immobile.

« Entendez bien ceci, monsieur Wilkins, lui disait le jeune homme d'une voix basse et voilée ; vous n'aurez jamais à me répéter les paroles que vous venez de me faire entendre. Nous sommes désormais étrangers l'un à l'autre. Quant à Ellenor, — il ne put articuler ce nom sans un imperceptible soupir, — j'estime que nous n'eussions pas vécu très-heureux l'un par l'autre. Notre engagement, trop tôt formé, l'avait été à un âge où nous ne connaissions guère nos dispositions réciproques. Cependant j'aurais fait mon devoir, j'aurais tenu ma parole, si vous n'aviez, par votre insolence de ce soir, rompu les liens dont nous nous étions chargés. Moi…, moi ?… un Corbet de Westley, jeté à la porte par vos domestiques ! Un pair du royaume, dix fois ivre comme vous l'êtes, ne, me ferait pas accepter pareil outrage !… »

Le bouillant jeune homme était hors de la chambre et presque hors de la maison, au moment où furent prononcées ces dernières paroles.

« Corbet !… Corbet !… Ralph !… cria l'*attorney*, abasourdi au premier moment, mais revenu, après un premier élan de colère, à une saine appréciation de ses torts. Hélas ! il appelait en vain, et, s'étant levé, il passa dans le vestibule, vivement éclairé, où il jeta un regard inquiet. Tout y était si paisible, qu'il pouvait très-bien discerner la voix des deux dames causant ensemble dans le salon. Il réfléchit un instant, avança jusqu'au portemanteau, et n'y vit plus accroché le chapeau de paille à forme basse dont Ralph se coiffait.

Revenu dans la salle à manger, il voulut se rendre un compte exact de ce qui s'était passé ; mais rien ne pouvait le convaincre que le fiancé de sa fille eût si brusquement pris un parti définitif et accepté comme irrévocable un congé donné dans de telles circonstances. Aussi commençait-il à s'indigner, à se plaindre, quand Ellenor, entra, le visage pâle et décomposé par l'angoisse.

« Que signifie ce mot ? » lui demanda-t-elle précipitamment, en plaçant devant lui une lettre ouverte.

Il prit ses lunettes et, pouvant à peine déchiffrer le papier que tenaient ses mains tremblantes, il lut ce qui suit :

« Chère Ellenor,

« Nous avons échangé, votre père et moi, des paroles qui m'ont obligé à quitter votre maison, où je crains bien de ne jamais rentrer. Vous recevrez demain, à ce sujet, des explications plus complètes. Ne vous effrayez pourtant pas trop de cette séparation. Je ne mérite pas, je n'ai jamais mérité l'attachement d'une personne comme vous. Dieu vous bénisse, ma chère Nelly, quoique je vous donne ce nom pour la dernière fois de ma vie.

« R. C. »

« Mon père, reprit Ellenor, encore une fois, que signifie cette lettre ? »

Wilkins, sa lecture achevée, restait en silence, les yeux vaguement perdus dans la contemplation du foyer.

« Que sais-je, moi ? répondit-il en lui jetant un triste regard… Le monde est ainsi fait, je suppose… Tout va mal pour moi et les miens… Il en était de même avant *cette nuit* déplorable… Ce n'est donc pas cela, n'est-ce pas, ma chérie ?

— Oh ! mon père ! sanglota la pauvre enfant prosternée à ses pieds et cachant sa tête dans la poitrine de l'infortuné vieillard.

— Chère petite orpheline ! dit-il en passant sur ses cheveux une main caressante, par un geste auquel il l'avait habituée de bonne heure, où est ta mère, pour te consoler ?… Tu l'aimes donc bien, Nelly ?… il m'a semblé, pourtant, tous ces jours-ci, qu'il n'était pas bon pour toi. Quelque chose était arrivé à ses oreilles… Il me questionnait sans relâche et sans pitié…

— Hélas père, c'était peut-être ma faute !… »

Aussitôt son père se releva, la repoussant avec le regard moitié craintif, moitié furieux, de l'animal aux abois, sans même s'apercevoir que son brusque mouvement l'avait presque renversée.

« Je suis perdu, je suis perdu, s'écriait-il à chaque phrase, tandis qu'Ellenor lui rendait compte, aussi exactement que possible, des demi-révélations qui avaient pu éveiller les soupçons de son prétendu… Vous, Ellenor ?… trahi par vous !… »

Elle quitta ses genoux, qu'elle tenait encore embrassés, pour se voiler la figure. Sur son pauvre cœur il semblait que chacun voulût frapper à son tour. L'attorney, après un moment de réflexion, parut néanmoins se rendre à de meilleurs sentiments.

« Ellenor, reprit-il, pardonnez-moi… Je ne réponds plus maintenant de mes paroles… Il faut m'excuser… Il faut avoir plus d'indulgence que lui… Il savait pourtant, il voyait bien que je n'étais plus maître de moi… L'ivresse a-t-elle cessé d'atténuer certaines irritations ?

— L'ivresse !… Expliquez-vous, mon père ?… L'ivresse, m'avez-vous dit ? »

Elle le regardait, tête levée maintenant, avec une indicible surprise.

« Qu'ai-je besoin de m'expliquer ?… Ne devinez-vous pas que l'ivresse, pour moi, c'est l'oubli ?

— Le malheur nous accable donc, s'écria Ellenor,… et Dieu nous a retiré sa protection…

— Chut, mon enfant !… Votre mère a toujours prié pour que la religion ne vous manquât jamais… Pauvre Lettice !… Elle a bien fait de mourir. »

Il se mit alors à pleurer comme un enfant, et, comme elle aurait consolé un enfant, avec des mots, des baisers maternels, sa fille essaya de le consoler. Il se reprit à la presser de questions. Sans se lasser, il l'interrogeait sur ce qu'elle avait pu dire, laisser entendre, faire soupçonner. Elle lui répéta, pour ainsi dire mot à mot, les brefs entretiens qu'ils avaient eus, elle et son fiancé, au sujet de la nuit mystérieuse. Quand cette espèce d'enquête fut terminée, Wilkins reprit la lettre de Ralph et la lut de nouveau, pesant chaque phrase avec une profonde attention : « Nelly, dit-il enfin, ce jeune homme a raison : — il n'est pas digne de toi, car tu n'aurais pas reculé, comme lui, devant la pensée d'une disgrâce future. Maintenant, te voilà seule, et condamnée à porter le fardeau de mes fautes. »

Il tremblait si fort, en lui parlant ainsi, que la nécessité de porter remède à son agitation fébrile vint heureusement distraire Ellenor des tristes pensées qui l'auraient accablée. Elle le veilla une partie de la nuit, et n'alla chercher que bien tard, dans sa propre chambre, le repos et l'oubli qui peut-être ne lui furent pas accordés.

IX

Le lendemain, à l'heure du déjeuner, Ellenor fut prévenue qu'un domestique de M. Ness demandait à lui parler. Cet homme lui remit la lettre que voici :

« Très-chère Ellenor (car je vous conserve et vous conserverai toute ma vie cette douce appellation), ma raison me fait envisager comme inévitable une démarche que je regrette au delà de tout ce que vous pouvez imaginer. Nous devons séparer nos destinées par suite de circonstances postérieures à notre engagement mutuel, et qui, — je puis m'en assurer sans savoir au juste de quoi il s'agit, — imposent à votre sensibilité un pesant fardeau, en même temps qu'elles modifient essentiellement la conduite de votre père. J'irai plus loin, elles ont entièrement altéré, depuis hier au soir, l'affection qu'il semblait me porter. J'ignore quoi elles consistent, à cela près du déshonneur que, vous le reconnaissez vous-même, elles peuvent, un jour donné, faire rejaillir sur votre famille. Or, une faiblesse innée, affaire de tempérament, me fait souhaiter, de préférence à tout autre avantage ici-bas, une réputation étendue et immaculée. Ceci est un aveu qui peut m'attirer votre censure, à laquelle je me soumets et me résigne d'avance ; mais tout ce qui se placerait entre moi et le but de mon ambition serait, je le sens, mal supporté par moi, et la crainte seule d'un pareil obstacle suffirait pour paralyser mes efforts. Je deviendrais infailliblement irritable, et si profonde que soit, que doive rester mon affection pour vous, je n'oserais, en pareil cas, me promettre une existence heureuse et calme. L'idée de cette découverte qui, d'un moment à l'autre, pourrait me déshonorer, cette idée me hanterait perpétuellement. J'en suis d'autant plus convaincu que j'ai sous les yeux l'exemple de votre père, chez qui on a pu remarquer une sorte de décomposition morale, à partir du jour où il me semble que remontent les mystérieuses affaires auxquelles vous avez fait allusion. Bref, moins pour moi que pour vous, Ellenor, je suis tenu de regarder comme définitif et sans appel l'arrêt par lequel votre père m'a banni de sa maison. Dieu vous protége, Ellenor, vous que j'appelle pour la dernière fois *mon* Ellenor !... Efforcez-vous d'oublier le plus tôt possible le lien désastreux qui, momentanément vous a unie à un homme aussi peu fait pour vous, — je dirai même aussi peu digne de votre affection.

« Ralph Corbet. »

Ellenor lut ces lignes, debout auprès d'une fenêtre, tandis que le domestique, chapeau bas, attendait sa réponse. Cette réponse qu'elle écrivit séance tenante, — s'attachant à la rédaction de chaque phrase, et savourant le douloureux plaisir d'écrire pour la dernière fois à celui qu'elle aimait encore, cette réponse était ainsi conçue :

« Vous avez raison, — tout à fait raison. Dès le mois d'août dernier, j'aurais dû mieux réfléchir à tout ce qui arrive aujourd'hui. J'ai confiance que vous ne m'oublierez pas si aisément, mais je vous supplie, quoiqu'il arrive, de ne vous faire aucun reproche. J'espère que vous serez heureux et que votre carrière sera brillante. C'est pour la dernière fois, je le suppose, qu'il me sera permis de vous écrire, mais je ne cesserai de prier pour vous. Mon père est sincèrement affligé de vous avoir parlé, hier soir, avec un emportement que rien ne justifiait. Il faudra lui pardonner. Le pardon est souvent de mise dans la pauvre vie qui nous est faite. »

« Ellenor »

Miss Monro, qui arrivait en retard, se récria sur l'absence inattendue de M. Corbet. Il fallut qu'à sa grande surprise, Ellenor lui fît connaître, en gros, le motif de la rupture désormais irrévocable. Ce fut là une vraie torture, mais, en quelque sorte, une torture *rêvée*, à laquelle se mêlait le pressentiment d'un réveil, d'un allégement prochain. La malheureuse enfant croyait qu'à de pareils coups aucun nouveau désastre ne pouvait rien ajouter. Elle apprit le contraire lorsque les médecins appelés pour soigner M. Wilkins parlèrent d'une atteinte au cerveau, pouvant dégénérer en apoplexie ou paralysie, ils n'étaient pas en mesure de pronostiquer l'une ou l'autre. L'un d'eux crut pouvoir mêler, comme une consolation, le nom de Ralph Corbet à ces sinistres prophéties. Il l'avait vu, le matin, pendre sa place dans la malle de Londres. Ellenor ne répondit rien, mais Miss Monro crut devoir suivre le médecin pour l'avertir du véritable état des choses ; et tout en lui racontant ce qui était advenu la veille, elle ne manqua pas d'annoncer qu'Ellenor était elle-même allée au-devant de la rupture, ajoutant qu'elle avait dû y réfléchir à deux fois avant d'épouser un avocat sans causes, avec lequel il eût fallu vivre dans une sorte de dénûment. Le docteur Moore, par bonheur, connaissait trop bien Ellenor pour la croire capable de ce calcul dégradant, malgré les maladroits commentaires dont l'institutrice *agrémentait* ce qui pouvait être un simple dépit amoureux.

Avant que les roses de juin eussent toutes fleuri, M. Wilkins s'était prématurément éteint. Depuis sa dernière attaque son intelligence oblitérée ne fonctionnait que d'une manière imparfaite. Il tenait fréquemment des propos bizarres et sans suite. À de rares intervalles, cependant, il retrouvait, avec un peu de calme, la libre possession de toutes ses facultés. Ce fut sans doute dans une de ces passagères *embellies* qu'il dut tracer au crayon une espèce de note testamentaire, laquelle resta inachevée sous son oreiller, où la retrouvèrent les femmes chargées de préparer le corps à l'ensevelissement. Ellenor, à qui elle fut remise, déchiffra, de ses yeux obscurcis par les larmes, les lignes suivantes :

« Je suis très-malade. Il me semble parfois que je ne pourrai me rétablir : aussi veux-je vous demander pardon de ce que je vous ai dit la veille du jour où je me suis alité. Je crains que mon emportement ne vous ait brouillé avec Ellenor, mais j'imagine que vous ne sauriez refuser votre indulgence à un mourant. Revenez seulement, oubliez ce qui a pu se passer entre nous, et je vous promets toutes les excuses que vous exigerez. Si je m'en vais, elle aura peu d'amis, et j'ai compté sur vous, je vous ai regardé comme son protecteur naturel, depuis que, pour la première fois... »

Suivaient des caractères illisibles et qui ne se liaient aucunement l'un à l'autre. Puis on lisait derechef : « Étendu sur mon lit de mort, je vous adjure, afin que vous restiez son ami. Je vous demanderai pardon, à genoux, de tout ce que... »

Ici les forces avaient manqué : le crayon et le papier, mis de côté, devaient être repris à un moment plus favorable, où les idées s'éclairciraient, où la main serait plus ferme. Mais ce moment n'était jamais venu. Ellenor posa ses lèvres sur ce fragment de lettre, le plia respectueusement, et, dans son trésor de pieux souvenirs, lui donna place entre le dernier travail de sa mère, — un ouvrage de couture, à moitié fini, — et la boucle de cheveux dorés qu'elle avait détaché du front de sa petite sœur morte au berceau.

Le défunt désignait comme ses exécuteurs testamentaires et chargeait de la tutelle d'Ellenor, en premier lieu M. Ness, puis M. Johnson, respectable *solicitor* d'une des villes voisines, qui avait été un des curateurs à la dot de mistress

Wilkins. Le testament remontait à plusieurs années ; il avait été dressé à une époque où l'attorney se croyait encore en possession d'une belle fortune, qu'il laissait tout entière à sa fille unique. Celle-ci avait déjà droit au domaine de Ford-Bank, en vertu du contrat de mariage qui désignait comme curateurs spéciaux (*trustees*) sir Frank Holster et M. Johnson. Les exécuteurs étaient portés pour des legs particuliers. Une petite annuité, assignée à miss Monro, motivait le désir exprimé par Wilkins, qu'elle continuât à vivre auprès d'Ellenor, jusqu'au mariage de celle-ci. Tous les domestiques, et Dixon plus particulièrement, avaient leur part dans les libéralités du testateur.

De toute cette richesse, ainsi répartie, que restait-il ? C'est ce dont les exécuteurs ne purent jamais se rendre compte, tant il y avait de désordre dans les documents qui leur furent soumis. Ou plutôt ils constatèrent un déficit absolu, et n'eurent pour ainsi dire à signer qu'un *procès-verbal de carence*, comme disent les jurisconsultes. M. Johnson, indigné, aurait décliné ses fonctions d'exécuteur testamentaire, sans la profonde pitié que lui inspirait la jeune orpheline. M. Ness, malgré les rhumatismes qu'il avait gagnés dans mainte et mainte partie de pêche, quitta ses travaux d'érudition pour compulser les livres de l'étude, les parchemins héréditaires, les papiers de tout ordre, et ceci par dévouement pour Ellenor. Sir Frank Holster, retranché dans sa dignité, ne voulait entendre à rien que comme *trustee* de Ford-Bank.

C'est dans ce domaine que l'orpheline continuait à vivre, complètement étrangère aux questions d'intérêt que soulevait la mort de son père, mais dans un état de mélancolie et d'affaissement moral qui désolait miss Monro, fort disposée à semondre son élève plutôt qu'à comprendre une pareille tristesse et se rendre compte des ravages déjà exercés sur une nature d'élite, par ce sentiment trop refoulé : « Encore si j'y pouvais quelque chose ! » disait volontiers la bonne gouvernante, et le fait est qu'à partir du moment où son intervention active put devenir efficace, elle se montra sous un nouveau jour.

Ce fut lorsqu'il demeura bien avéré qu'en dehors du domaine de Ford-Bank, Ellenor, bien décidément, ne possédait rien, et que de tous les legs inscrits sur le testament de M. Wilkins, pas un *farthing* ne serait payé ; — lorsqu'il demeura évident que sa belle collection d'objets d'art allait passer sous le marteau des enchères et que, malgré ce sacrifice, les créanciers de la succession ne seraient pas totalement satisfaits. M. Ness, appelé à instruire Ellenor de ces fâcheux résultats, la trouva comme on la trouvait toujours depuis quelque temps, assidûment courbée sur un ouvrage de femme. Elle quitta son aiguille pour l'écouter, la tête appuyée sur sa main. Quand il eut achevé son exposé, la jeune fille ne prononça pas un seul mot, et le pauvre homme, étonné de ce silence, reprit sa harangue par pur embarras. « Je suis certain, disait-il, que notre coquin de Dunster est pour beaucoup dans cette catastrophe inexplicable… »

À son grand étonnement, Ellenor, redressant, sa tête pâle et rigide, lui dit avec lenteur, et d'une voix faible, mais calme et solennelle : « Faites en sorte, monsieur Ness, qu'on n'inculpe jamais M. Dunster à propos de tout ceci.

— Écoutez-donc, ma chère Ellenor ; aucun doute n'existe sur ce point… Votre père lui-même y a fait mainte fois allusion. »

Ellenor se couvrit le visage des deux mains : « Dieu nous soit clément ! » dit-elle ensuite, rentrant dès lors dans un silence obstiné que ses amis ne pouvaient ni comprendre, ni supporter. M. Ness, après l'avoir exhortée à ne pas renfermer ainsi au dedans d'elle même l'amertume de ses pensées, se vit obligé, n'obtenant pas de réponse, à lui faire part des projets formés pour son avenir : « Le plus clair de vos revenus, poursuivit-il, sera le loyer de cette propriété. Nous avons des offres. On propose un bail de sept années à cent vingt livres[1] par an…

— Je ne louerai jamais cette maison, dit-elle se levant soudain et presque avec l'accent du défi.

— Permettez !… je ne comprends plus… ou plutôt vous ne m'avez pas compris. Le revenu de ce domaine, chère Ellenor, est tout ce qui vous reste pour vivre.

— Soit… je ne dis pas non, mais je ne puis sortir d'ici. Vous m'entendez, monsieur Ness, je n'en puis sortir.

— On ne vous pressera pas, chère enfant. Je sais toutes les peines qui sont venues fondre à la fois sur vous. Maudit soit le jour où Corbet est entré chez moi !… (ceci fut dit par manière de parenthèse et tout à fait *in petto,* mais Ellenor n'en frémit pas moins de la tête aux pieds…) mais encore faut-il que cette maison passe en d'autres mains… Il le faut, parce que vous ne pouvez manquer du strict nécessaire… La chose, d'ailleurs, est à peu près conclue.

— Conclue ?… sans mon aveu ?… mais je suis ici chez moi… Cette maison m'a été assignée, je le sais fort bien, et…

— Vous vous trompez, mon enfant. Elle est détenue, pour votre compte, par sir Frank Holster et M. Johnson. Les produits et revenus ne peuvent profiter qu'à vous, ajouta-t-il doucement, car il lui croyait évidemment la cervelle un peu troublée, mais veuillez vous souvenir que vous n'êtes point majeure, ce qui nous laisse, M. Johnson et moi, investis de tout pouvoir… »

Ellenor se rassit, complètement découragée :

« J'ai besoin de rester seule, dit-elle enfin. Vous êtes la bonté même, mais vous ne savez pas tout… Au surplus, je suis à bout de forces, » ajouta-t-elle d'une voix atténuée.

M. Ness, l'ayant paternellement baisée au front, la quitta sans rien ajouter, et alla du même pas trouver miss Monro, qu'il trouva fort mal disposée. Elle se plaignait amèrement de son élève, dont la tristesse devenait chaque jour plus intolérable. M. Ness en convint très-volontiers, puis, abordant un autre sujet :

— « Vous savez, lui dit-il, que M. Wilkins meurt décidément insolvable. J'ai le chagrin de vous annoncer que vous ne toucherez pas un seul terme de l'annuité dont il vous avait gratifiée. »

Miss Monro, devant cette déclaration formelle, parut un peu décontenancée. Beaucoup de petites visions s'évanouissaient à ce moment critique, dont elle avait bercé longtemps ses modestes espérances. Mais elle se remit bientôt :

« Je n'ai que quarante ans, dit-elle enfin ; il me reste, Dieu aidant, quinze années de bon travail… Insolvable, que signifie exactement ce mot ?… Vous ne prétendez pas, j'imagine, que M. Wilkins n'a rien laissé après lui ?

— Pas un *farthing*…, et ses créanciers seront bien heureux, en fin de compte, de retrouver ce qui leur est dû.

— Oui-da, mais Ellenor ?

— Ellenor aura pour subsister le revenu de ce domaine qui lui vient de sa mère ;… quelque chose comme cent vingt livres. »

Les lèvres de miss Monro accusèrent ici une grimace significative.

« Où est M. Corbet ? demanda-t-elle, interrompant M. Ness qui, dans les meilleurs termes, offrait l'hospitalité du *parsonage* aux deux dames de Ford-Bank.

— Je ne sais, répondit-il. À une longue lettre d'explications qu'il m'adressait après sa rupture, j'ai dû répondre assez sommairement que mes rapports intimes avec la famille Wilkins m'imposaient la nécessité de ne plus l'accueillir comme auparavant. Notre correspondance en est restée là. Mais… qui passe à cheval devant cette fenêtre ?… Il m'a semblé reconnaître Ellenor !…

— C'est elle, effectivement, répondit miss Monro, après un rapide regard jeté sur la route. Je suis enchantée qu'elle ait enfin suivi mon conseil. Une promenade lui fera du bien. Dixon, vous le voyez, l'accompagne.

— Pauvre Dixon !… lui aussi est frustré de son legs. »

Quand M. Ness l'eut quittée, miss Monro, assise à son secrétaire, s'occupa immédiatement d'une lettre qu'elle voulait adresser le jour même à ses anciens amis de Chester. Fille du *precentor*[2] de la cathédrale, elle avait parmi les membres du canonicat un certain nombre de relations intimes, auprès de qui elle avait toujours songé à se retirer quand l'heure du repos aurait sonné pour elle. Elle leur demandait maintenant du travail, des leçons à donner, et rêvait déjà l'installation d'un modeste domicile où ses gains quotidiens, réunis au mince revenu d'Ellenor, leur permettraient de vivre honorablement.

Ellenor cependant, suivie de Dixon, s'acheminait au grand trot du côté d'une vaste lande déserte, située à six ou sept milles de Hamley. C'était là, bien loin de tout regard et de toute oreille indiscrète, qu'elle avait résolu de lui demander conseil. Il devinait sans doute ses intentions, car une fois sur la *Monk's heath,* il se rapprocha de sa jeune maîtresse, qu'il avait jusqu'alors suivie à distance respectueuse.

« Dixon, lui dit-elle, on prétend que je dois quitter Ford-Bank.

— Je m'en doute bien, d'après tout ce qu'on dit en ville depuis la mort de monsieur.

— Vous savez sans doute que votre legs…

— Allez, allez, nul besoin de s'en inquiéter, interrompit-il avec une sorte de précipitation… Je n'en aurais voulu dans aucun cas… Il m'aurait semblé recevoir… »

… Le prix du sang, allait-il dire, mais il retint au passage ces derniers mots, qu'Ellenor suppléa de reste :

« Oh non, Dixon… le testament était antérieur de bien des années, lui répondit-elle en détournant la tête. Mais, à présent, que faut-il faire ?… Ford-Bank, je vous le répète, va être mis en location…

— Le revenu, j'imagine, est à mademoiselle ?… J'ai toujours compris que Ford-Bank lui appartenait en propre.

— Sans doute, sans doute… il ne s'agit pas de cela…, Mais, vous savez, Dixon, sous le grand liége…

— Ah ! oui, dit-il avec un accablement visible. J'y ai souvent pensé le jour, et il n'est guère de nuit que je n'en rêve…

— Comment admettre que je livre Ford-Bank à des étrangers ? s'écria Ellenor : ils pourraient donc tout bouleverser, changer les plantations, fouir la terre partout où il leur plaira ?… J'ai en moi la presque certitude que tout finira par se découvrir, et s'il fallait que le moindre blâme atteignît la mémoire de mon père…

— Cette mémoire, interrompit Dixon dont la physionomie prit à l'instant même une expression de souffrance, cette mémoire doit rester intacte. Je suis accoutumé, dès mon enfance, à voir les Wilkins respectés par tout Hamley. Ainsi en était-il de mon père avant que je fusse né… Avisons donc à préserver ce nom de toute souillure. Il doit y avoir quelques moyens pour cela… On met dans un bail tout ce qu'on veut… Vos *trustees*, comme on les appelle, peuvent interdire aux locataires de rien changer l'état actuel des lieux, soit en fait de plantations, soit qu'il s'agisse de fouiller et remuer le sol, aussi bien celui des jardins que celui des pacages ou des étables. De plus, sur une recommandation de vous, je présume que les nouveaux maîtres me garderaient volontiers, et j'aurais un peu l'œil à tout cela… Mais, en fin de compte, viendra le jour du Jugement dernier, où toute chose cachée doit apparaître en pleine lumière… Ah tenez, miss Ellenor, je suis un peu fatigué de vivre.

— Ne parlez pas ainsi, reprit affectueusement sa maîtresse… Je sais ce qui vous pèse… Mais rappelez-vous combien j'ai besoin d'un ami sûr, de sages conseils comme celui que vous venez de me donner… Vous n'êtes point malade, n'est-il pas vrai ? continua-t-elle avec une véritable anxiété.

— Pas le moins du monde, répondit-il, et j'ai la vie dure. Mon père, ma mère ont fini très-vieux. Mais j'ai un fardeau sur le cœur, et je gagerais bien qu'il en est ainsi de vous. N'importe ; il ne sera pas dit que nous aurons laissé déshonorer, une fois mort, votre brave homme de père que je me rappelle si brave, si joyeux, si doux au pauvre monde, et si charitable. »

Peu de paroles furent échangées ensuite, et ils s'en retournèrent comme ils étaient venus, Ellenor cherchant les moyens de placer Dixon auprès des futurs locataires, ce dernier évoquant les souvenirs de sa jeunesse et se rappelant ce qu'il était, trente ans plus tôt, à l'époque où il entrait comme *groom* chez le grand-père d'Ellenor. La gentille Molly, la fille de basse-cour, faisait alors la joie de son cœur. La gentille Molly reposait maintenant sous une des dalles du cimetière d'Hamley, et, sauf Dixon, bien peu d'êtres vivants auraient pu l'y aller chercher sans se tromper de chemin.

1. ↑ Cent vingt livres sterling, représentent, à fort peu de chose près, 3,000 francs. (N.DU T.)
2. ↑ Maître des chœurs, grand chantre ; compte au nombre des dignitaires ecclésiastiques.

X

Près de la massive cathédrale de Chester, s'élève ou plutôt se dérobe une humble maisonnette de briques. On y arrive par une sorte de couloir dallé ouvrant sur l'enceinte des murs qui limitent l'Enclos (*Close*). Dans cet enclos sont distribués avec leurs jardinets, le long d'une avenue de tilleuls, les presbytères canoniques. La maisonnette appartient comme eux au chapitre, et servit longtemps de résidence à un de ses fonctionnaires subalternes, le *verger* ou porte-masse de la cathédrale. Il s'y trouvait à l'étroit ; on l'a mieux logé, le petit cottage est resté disponible, et les amis de miss Monro le lui ont fait donner en location aux meilleures conditions possibles. Comptez ceci parmi les avantages, attachés à la position que s'est faite la fille du défunt *precentor,* en venant s'établir comme *daily governess* parmi les ecclésiastiques jadis en rapport avec son père. Presque tous les chanoines étant mariés, et plusieurs d'entre eux ayant des enfants à élever, ils ont en quelque sorte monopolisé les leçons quotidiennes de miss Monro, reçue chez eux à titre d'amie, et qui se trouve heureuse de n'avoir pas à subir trop fréquemment le patronage orgueilleux des riches négociants de la ville.

C'est là que, par une belle soirée d'octobre, Ellenor s'est laissé conduire, indifférente et passive entre les mains de ses deux amis, — M. Ness et la vieille gouvernante, qui, fort timorés, fort indécis eux-mêmes, n'en sont pas moins devenus, à leur corps défendant, les protecteurs, les conseillers et les guides de la jeune orpheline. Pendant les quelques semaines qui ont suivi sa sortie de Ford-Bank et précédé son installation dans le *close* de Chester, elle n'a presque pas donné signe de volonté, gardant pour elle ses tristes pensées, et ne prenant guère intérêt apparent qu'au sort de Dixon, compris, grâce à elle, dans la domesticité de M. Osbaldistone, le locataire nouvellement installé. Ils ont souvent conféré ensemble des clauses rigoureuses introduites par M. Johnson dans le contrat de bail : grâce à elles, il demeure très absolument interdit au « preneur » d'apporter le moindre changement à l'état des constructions ou plantations qui lui sont livrées, et dont il se charge pour les administrer, gérer et entretenir en bon père de famille. Par une autre convention (non écrite celle-ci), Dixon est chargé de veiller à ce que ces engagements si stricts soient fidèlement observés, et se trouve par là même préposé à la garde du terrible dépôt que recèlent les gazons ombragés du bosquet.

Maintenant Ellenor a pris possession d'une chambrette, la plus élégante pièce du nouveau domicile qu'elle partage avec son ex-gouvernante. C'est celle qui est au-dessus de leur petit salon. Ce salon lui-même n'est point encombré de meubles, et il pourrait bien vous paraître bizarre de n'y retrouver aucun de ceux qui garnissaient les appartements de Ford-Bank : mais Ellenor a tenu à ce que tout ce qui ne restait pas aux mains du locataire fût impitoyablement mis en vente. Résolution et obstination bizarres qui ont surpris, et presque scandalisé les habitants de Hamley. Quant à miss Monro, bien que légèrement choquée de cette espèce d'impiété, de ce renoncement complet à des souvenirs sacrés, elle n'en soutient pas moins avec tout le zèle de l'amitié que miss Wilkins a eu raison de ne pas vouloir emporter, dans l'humble résidence où le sort contraire la réduit à se réfugier, des tables, des fauteuils artistement sculptés dont la magnificence incongrue y formerait une disparate choquante. Mais, en ceci comme en beaucoup d'autres choses, l'honnête institutrice méconnaît les secrets mobiles qui ont fait agir Ellenor. Celle-ci n'a obéi qu'au sentiment de sa propre conservation. Hantée par d'obstinés souvenirs qui usent sa vie et parmi lesquels sa raison est parfois menacée d'un complet naufrage, un instinct sauveur la poussait à éloigner d'elle tout ce qui pouvait leur servir d'occasion, et, pour ainsi dire d'aliment. Elle y a cédé, comprenant bien que pour continuer de vivre, pour échapper aux obsessions de la folie, il fallait avant tout se faire une existence affranchie de tout passé, libre de toute évocation fantastique. À cette époque, sa douleur n'avait rien que de passif. Une défensive inerte, engourdie usait tout ce qu'elle avait de forces. Elle ne pleurait point, elle parlait à peine, et les dernières larmes qu'elle eut versées en quittant Ford-Bank avaient été l'expression d'une sorte de soulagement plutôt que celle d'un regret attendri.

De sa chambre, qui donnait sur le jardinet du cottage et, par delà les murs de clôture, sur l'ensemble de l'enclos presbytéral, elle contemplait assidûment la vaste cathédrale normande, sa tour basse qui semble s'affaisser sous son propre poids, sa nef majestueuse, et son chœur amplement garni de tombes historiques. Le calme de la ville, étrangère à toute espèce de tumulte, laissait arriver jusqu'à elle, à des heures marquées, les chants, les hymnes qui filtrent perpétuellement au dehors, à travers les croisées en ogive et les viraux de couleur. Bientôt ce spectacle imposant et monotone, ces émanations religieuses l'enveloppèrent sans qu'elle en eût conscience. Elle devint assidue aux services du matin et du soir. Son âme fatiguée reposait dans les longues méditations et dans le calme de la prière. Sans rien faire pour gagner l'amitié de qui que ce fût, — et bien qu'elle se dérobât plutôt aux prévenances dont les patrons de miss Monro ne demandaient qu'à l'entourer, — elle devint peu à peu, pour les personnes instruites de ses malheurs, un objet d'affectueuse pitié, de discret attachement. La douceur de ses regards, l'humble bénignité de ses manières, son assiduité constante à l'église, l'assistance qu'elle prêtait aux écoles de charité, ses visites aux pauvres malades la recommandaient à la bienveillance de ses pieux voisins. Quand le bon vieux doyen, penché au balcon de sa grande bibliothèque voûtée, la voyait s'apprêter à sortir de chez elle et sur le point de traverser l'Enclos, il descendait le plus souvent à sa rencontre, et venait lui offrir son bras en *gentleman* aussi courtois qu'il était chrétien charitable. Il les invita même plus d'une fois,

139

elle, et miss Monro, à venir passer quelques semaines dans sa belle résidence rurale, et ne pouvant vaincre les refus obstinés d'Ellenor, il lui envoyait les plus fraîches primeurs, les plus beaux fruits de ses jardins. Parmi les chanoines, beaucoup se montraient tout aussi obligeants, et surtout lorsqu'ils apprenaient l'arrivée de M. Ness (qui venait de temps en temps voir nos deux recluses, pour se consoler de ce qu'elles n'acceptaient jamais l'hospitalité de son *parsonage*) les envois de gibier, de prunes, de vins, de légumes se succédaient à peu près sans interruption.

Le cottage habité par Ellenor ne s'ouvrait pour aucun autre visiteur que M. Ness. Dixon, cependant, y faisait de temps en temps une apparition de quelques heures, quand il pouvait obtenir un congé assez long pour un voyage de soixante à soixante-dix milles. Ellenor se plaisait à lui témoigner, en défrayant son voyage, la satisfaction qu'il lui causait en venant ainsi la visiter. Elle le lui prouvait encore en passant avec lui, quand il était là, une bonne partie de sa journée. Elle le choyait, le promenait, lui montrait les curiosités de la ville. Au total, cependant, ils se parlaient à peine. Miss Monro, en revanche ne manquait pas ces occasions de commérage. À force de questions elle obtenait toute sorte de détails sur les nouveaux habitants de Ford-Bank et sur ses anciennes relations d'Hamley. Il va sans dire qu'elle s'informa si M. Corbet avait reparu à l'horizon : « Pas que je sache, répliqua Dixon. J'ignore si M. Ness serait disposé à le recevoir. Ils s'écrivent pourtant, et j'ai ouï dire par le vieux jardinier de la cure que M. Corbet est maintenant au nombre des *grands conseillers,* de ces gens qui courent les assises et qui mettent une perruque pour y parler.

— Vous voulez sans doute dire qu'il est avocat ? demanda miss Monro quelque peu perplexe.

— Peut-être bien… cependant il m'a semblé qu'on m'a parlé de mieux que cela. »

Ellenor en savait plus long qu'eux sur ce chapitre. La lecture du *Times* était une de ses distractions favorites, à l'heure du loisir ; et lorsque miss Monro ne l'épiait pas de trop près, elle ne manquait jamais de chercher, à la page des comptes rendus judiciaires, un nom qu'elle n'y rencontrait guère sans que son cœur battît plus vite. Dans les premiers temps ce nom ne revenait qu'à de longs intervalles. Il était placé en seconde ligne. M. Smythe avait pris la parole pour le demandeur, « avec l'assistance de M. Corbet ; » mais, à mesure que les mois succédaient aux mois, les années aux années, l'humble acolyte se haussait graduellement jusqu'aux premiers rôles, et il ne se passait guère de séance un peu notable où ses savantes plaidoiries ne fussent analysées avec soin, si même elles n'étaient reproduites en entier par les sténographes du journal-géant. Il était évident que M. Corbet avait pris place parmi les notabilités du barreau, et que sa renommée, tôt ou tard, pouvait lui ouvrir, avec l'accès des fonctions publiques, la grande arène parlementaire, but final de ses énergiques efforts. Ce jour vint plus tôt qu'on ne devait l'attendre. Ellenor (avec quelle émotion !) trouva dans le *Times* la promotion du jeune *barrister* aux fonctions de *Queen's counsel*[1].

Il faut bien le dire, malgré le silence qu'elle gardait là-dessus, et bien que le nom de Ralph n'eût guère franchi ses lèvres (si ce n'est peut-être dans quelque entretien avec Dixon), elle n'avait jamais pu se convaincre absolument que leur désunion fût irrévocable et définitive. Il lui semblait impossible que des nœuds si bien cimentés eussent été à jamais brisés, si brusquement et sans plus d'explications. Elle avait enfin trouvé si difficile de rompre avec l'habitude invétérée de tout rapporter, mentalement, à cet être chéri, que malgré le travail du temps, elle en était encore à s'imaginer qu'un incident inattendu, quelque rencontre heureuse, quelque hasard favorable la rapprocherait de lui. Alors finiraient les angoisses de son cœur, et rendus à la vérité de leur situation, aux entraînements de leur mutuelle tendresse, ils n'envisageraient plus que comme l'illusion pénible d'un mauvais rêve, ces longues années perdues pour leur amour, dont les ennuis de la séparation avaient fait autant de siècles.

En attendant la réalisation de ces chimériques espérances, les grands incidents de la vie d'Ellenor étaient ceux qui troublaient la routinière harmonie du milieu paisible où elle s'était placée. L'enclos et ses habitants représentaient à ses yeux le monde connu. En dehors de ce cercle, et abstraction faite de M. Corbet, il n'était guère d'événements dont le contre-coup arrivât jusqu'à cette recluse volontaire. Mais elle ressentit vivement la mort du bon doyen, sur laquelle bien des gens, depuis dix années et plus, basaient leurs calculs ambitieux, et plus d'une fois elle sentit ses yeux se remplir de larmes, en regardant ces fenêtres closes où elle cherchait en vain le sourire bienveillant de ce digne homme. Le successeur ne tarda pas à être désigné. C'était un ecclésiastique appartenant à un comté lointain, et l'Enclos tout entier se mit en mesure de se procurer quelques renseignements sur les attenances, la fortune, les mœurs du nouveau dignitaire. Fort heureusement pour la curiosité dont il était l'objet, ce personnage tenait de près ou de loin à une famille inscrite au Livre de la Pairie. On apprit donc, en recourant à ce merveilleux almanach de la noblesse, qu'il avait quarante-deux ans, qu'il était marié depuis longtemps et père d'une nombreuse famille, — huit filles et un fils, disait le *Peerage*. On put penser dès lors que le Doyenné allait changer d'aspect, et on ne se trompait pas. Cette habitation si calme, si austère, où un vieillard sans compagne ni descendants achevait naguère sa solitaire existence, s'emplit de bruit, de mouvement, de tumultueuse allégresse. Les charpentiers, les menuisiers y besognèrent à toute heure pendant la saison d'été. Trois fenêtres de la façade reçurent des grilles, ce qui annonçait une *nursery*. Puis arrivèrent des wagons chargés de meubles ; puis, après l'emménagement, des visiteurs sans nombre, dont beaucoup en équipages. Ni miss Monro, ni même Ellenor ne se jugèrent d'assez grands personnages pour grossir le flot de ces porteurs de bienvenue ; mais du fond de leur retraite, elles n'en étaient pas moins au courant de tout ce qui se passait chez leurs nouveaux voisins. Ainsi elles savaient que l'aînée des miss Beauchamp, âgée de dix-sept ans, était fort jolie, à cela près d'une épaule un peu trop haute, — qu'elle aimait passionnément la danse ; — qu'elle causait très-volontiers en *tête-à-tête* ; mais qu'en présence de sa mère, elle n'ouvrait pas la bouche : — que la sœur puînée était une savante, capable d'en remontrer à sa *governess,…* et ainsi de suite jusqu'au dernier *baby*, encore dans les bras de sa nourrice. Miss Monro, de plus, aurait pu dénombrer la domesticité de leurs nouveaux voisins, dire quelle tâche avait chacun, et faire sonner la cloche à l'heure des repas. Peu après, au banc réservé pour la famille du doyen, dans le chœur de la cathédrale, apparut une jeune personne très-belle et de physionomie très-fière. C'était, disait-on, une nièce, — la fille orpheline du général Beauchamp, frère du doyen, — venue à Chester pour y passer le temps voulu avant la consécration solennelle de son prochain mariage, que son oncle devait bénir. Mais comme les visiteurs au Doyenné n'étaient point admis chez la belle fiancée, et comme les Beauchamp n'avaient formé de relations tant soit peu intimes avec aucune de leurs nouvelles connaissances, personne n'en savait plus long à ce sujet.

Des fenêtres de leur petit salon et se dissimulant de temps à autre derrière leurs rideaux de mousseline, Ellenor et miss Monro se donnaient le passe-temps de voir se hâter les préparatifs du mariage, fixé au lendemain. Paniers de fruits, paniers de fleurs, caisses de toute grandeur et de toute forme, les modistes avec leurs cartons, les commis de magasin chargés d'étoffes, traversaient et retraversaient l'Enclos étonné d'un tel remue-ménage. Dans l'après-midi le calme se rétablit ; il y eut moins d'allées et de venues, et on put conjecturer que la belle fiancée, avec l'assistance de ses nombreuses cousines, procédait à l'emballage de son opulent trousseau, tandis que les domestiques vaquaient aux préparatifs du festin de noces. Ainsi du moins l'avait décidé miss Monro, qui suivait d'un œil attentif les moindres péripéties de ce drame, si particulièrement intéressant pour une vieille fille. Tout à coup, avec une exclamation vibrante, elle appela Ellenor qui venait de se remettre à son ouvrage : « Venez, venez, lui disait-elle ; regardez, sous l'allée des Tilleuls, ces deux *gentlemen*… L'un d'eux bien certainement est le fiancé ; si vous voulez le voir, dépêchez-vous ! »

Ellenor se pencha sur l'appui de la fenêtre et reconnut, au moment où sortant de la ténébreuse avenue il mettait le pied sur le pavé inondé de soleil, Ralph Corbet en compagnie d'un autre gentleman. Changé, vieilli, flétri, bien qu'il eût conservé le noble caractère de sa physionomie et le galbe classique de sa tête, le premier s'appuyait au bras d'un jeune homme grand et plus svelte que lui : « C'est celui-ci qui se marie, se dit aussitôt Ellenor, mais son cœur, par un serrement prophétique, démentit à l'instant même l'assurance qu'elle avait voulu se donner. Aucun doute ne lui resta quand elle vit, à la fenêtre gothique du Doyenné, paraître la belle prétendue, dont la rougeur, le sourire eussent suffi pour tout éclaircir, — alors même qu'elle n'eût pas envoyé, du bout de ses doigts roses, ce salut qui ressemblait à un baiser, — alors même que Ralph n'y eût pas répondu avec ardeur, tandis que son compagnon se découvrait cérémonieusement, en homme du monde qui n'a pas encore été présenté.

Miss Monro, prise à court par cette scène imprévue, se laissait aller à une bruyante et bavarde indignation ; Ellenor cependant la regardait d'un œil effaré, sans qu'une seule parole sortît de ses lèvres tremblantes. Puis, ce qui ne lui était jamais arrivé, la pauvre enfant perdit complètement connaissance. Au sortir de son évanouissement, dominée par une fièvre qui ne la quitta pas de vingt-quatre heures, elle n'était pas reconnaissable. Sa douceur, sa docilité avaient fait place un invincible esprit de rébellion. Elle voulut (et les instances, les supplications de miss Monro ne purent la faire renoncer à ce projet insensé), elle voulut assister à la cérémonie qui scellait à jamais sa destinée. Elle y assista effectivement, invisible sous une espèce de capuchon noir qui lui donnait un faux air de religieuse ; et personne ne put deviner que derrière un pilier de la cathédrale, cachant humblement sa douleur muette, s'agenouillait une femme dont l'espoir suprême avait été de se voir conduite à l'autel par ce même fiancé, qui maintenant contemplait avec tendresse la brillante fée aux voiles blancs, à la couronne de fleurs, autour de laquelle planait, comme une auréole, l'admiration de la foule émue.

Il ne faudrait pas croire que l'attention publique fût uniquement concentrée sur miss Beauchamp. La renommée de M. Corbet comme jurisconsulte de premier ordre, le bruit que certains de ses plaidoyers avaient fait, la nouvelle assez répandue qu'il devait, à la prochaine vacance, être investi d'un siége de juge, désignaient aux regards d'un chacun, nonobstant ses cheveux gris, cet homme déjà mûr et dont la gravité singulière contrastait si fort avec l'éclat de sa belle fiancée, la jeunesse et l'entrain des cousines qui lui faisaient escorte. Les perceptions d'Ellenor, en face de ce tableau mouvant, étaient atténuées par une sorte de brouillard qui le lui dérobait à moitié. D'ailleurs elle assistait avec une sorte de recueillement à ces funérailles de sa jeunesse : elle ne savait y voir qu'une épreuve passagère, une ère de transition pénible, laissant en perspective le retour d'un printemps nouveau, la résurrection des espoirs ensevelis. Aussi demeura-t-elle immobile sous l'œil inquiet de miss Monro, qui la surveillait comme si elle eût redouté quelque acte d'aliénation mentale, quelque sortie insensée. Quand tout fut fini, quand les principaux acteurs de la cérémonie se furent transportés dans la sacristie pour y signer les documents nécessaires, quand les gens de la ville se furent éloignés plus ou moins immédiatement, selon les notions d'un chacun sur la révérence à garder vis-à-vis des lieux saints, — pendant que les imposants accords de la *Marche nuptiale* jaillissaient encore des orgues, et que les cloches résonnaient à grand bruit sous les campaniles vibrants, — Ellenor, posant sa main sur celle de son amie : « Emmenez-moi d'ici ! » lui dit-elle avec une extrême douceur. Et miss Monro la ramena vers leur cottage absolument comme si elle eût conduit une aveugle.

1. ↑ *Conseiller* ou *avocat de la reine* : — C'est le premier pas vers les charges de haute magistrature. L'avocat de la reine appartient à ce que nous appelons *le ministère public*. Il est membre du *parquet* et se trouve en passe de franchir successivement les plus hauts grades, jusques et y compris celui de lord chancelier. (N. DU T.)

XI

Deux chemins mènent à la vieillesse. Les uns y arrivent par transitions insensibles après une longue série de jours heureux ; d'autres, entraînés par un irrésistible tourbillon, franchissent d'un bond les limites de chaque âge. Leur jeunesse en quelques heures se flétrit. Non moins brusque, non moins soudaine est la métamorphose qui d'abord change en vieillesse leur maturité, puis de la vieillesse elle-même les précipite, éperdus, dans cet océan vaste et calme, où rien sur le rivage ne signale aux regards la marche du temps.

Tel semblait devoir être le lot d'Ellenor. En une seule nuit, quinze ans auparavant, sa jeunesse avait sombré : maintenant elle avait l'esprit demeuré, la réserve silencieuse d'une femme hors d'âge. Seule la douceur de son organe et de son sourire la signalaient à l'affection des jeunes gens et à celle des vieillards qui, généralement, après l'avoir trouvée un peu « terne, » se laissaient gagner par le charme dont elle était douée, la sympathie cordiale qui la mettait de moitié dans leurs joies et dans leurs chagrins. À partir du mariage de M. Corbet, elle prit, pour ainsi dire, possession d'un calme qu'elle ne connaissait plus depuis bien des années ; elle cessa de se compter, sevrée désormais de toute personnalité, de tout égoïsme, et sa vie, encore épurée, prit comme un parfum de sainteté, de béatifique abnégation. Le vieux chanoine Holdsworth — qui, par parenthèse, était légèrement suspect de philosophie sceptique, — se raillant de l'assiduité d'Ellenor à ses devoirs religieux, de son zèle pour l'enseignement des pauvres et toutes sortes de bonnes œuvres, l'appelait volontiers : *ma Révérende...* Sarcasme clérical qui contrariait miss Monro, mais qui amenait un tranquille sourire sur les lèvres de sa compagne. Parfois leur dissentiment portait sur d'autres objets. Miss Monro ne s'accommodait pas de la mise sévère à laquelle miss Wilkins semblait s'être condamnée : « On peut être parfait, lui disait-elle et porter autre chose que du noir et du gris. Cela vous vieillit, et je me tue à persuader les gens que vous n'avez pas plus de trente-quatre ans. Encore ne veulent-ils pas toujours me croire... » Mais Ellenor souriait de plus belle.

Le chanoine en question vint à mourir, et l'Enclos, derechef, se perdit en calculs et en conjectures sur le successeur qu'on allait donner au défunt. On apprit bientôt que le choix des autorités compétentes était tombé sur un ecclésiastique de mérite, un laborieux ouvrier de la vigne du Seigneur, appartenant à un district éloigné du diocèse. « Il se nomme Livingstone, » ajoutaient les mieux instruits.

Ce nom ne manqua pas de réveiller chez miss Monro le souvenir de la visite qu'elle avait reçue jadis pour le compte d'Ellenor malade et presque mourante. Ellenor elle-même avait toujours ignoré cette démarche, mais elle voulait encore espérer que le nouveau chanoine, malgré la ressemblance du nom, n'avait rien de commun avec le jeune ecclésiastique dont la demande en mariage était venue si mal à propos compliquer les anxiétés d'une nuit fatale. Tout ce qui la lui rappelait, même indirectement, était pour elle un vrai supplice. Inutile de dire que miss Monro, étrangère à cet ordre d'idées, bâtissait déjà dans le domaine des hypothèses, un roman au profit de son ancienne élève. Si l'on devait admettre que l'ancien soupirant et le nouveau chanoine fussent réellement une seule et même personne, n'était-il pas à souhaiter, — et à présumer par conséquent, — que ce digne homme, resté fidèle au souvenir de sa première flamme, solliciterait la récompense d'une constance si rare et si méritoire ? S'obstinerait-on toujours à la lui refuser ?... Bientôt les doutes furent levés. M. Livingstone était bien le prétendant jadis éconduit ; mais il arrivait, libre en apparence de tout amoureux souvenir, et si bien absorbé par les devoirs de son état qu'il ne reconnut même pas, tout d'abord, cette beauté dont il avait subi l'empire, ces attraits vainqueurs par lesquels, en une seule soirée, nous l'avons vu fasciné. Ellenor, secrètement charmée de cet oubli, ne demandait qu'à le voir se perpétuer. Un jour cependant qu'il inspectait la maison d'école, le nouveau chanoine, placé en face d'Ellenor, la vit sourire aux efforts d'une intelligente petite fille, et ce sourire, d'une merveilleuse douceur, fut pour lui comme un éclair dans la nuit du passé. Il sortit presque aussitôt, sans doute pour aller aux renseignements, et dès le lendemain sa visite fut annoncée aux deux recluses. Ellenor, qui travaillait dans sa chambre, eut à vaincre une certaine répugnance pour descendre au salon. La bienvenue de miss Monro fut, au contraire, des plus chaleureuses. Elle avait mis ses lunettes pour ne rien perdre de ce qui allait se passer. Sur le visage d'Ellenor se manifesta un surcroît de pâleur ; ses sourcils étaient un peu plus rapprochés, ses lèvres un peu plus serrées qu'à l'ordinaire. Quant au chanoine, on pouvait tout au plus, quand il s'avança pour offrir la main à Ellenor, remarquer sur son placide visage une imperceptible rougeur. Ce fut tout, ce n'était pas grand'chose, et néanmoins, sur ces frêles assises, miss Monro entassa de plus belle toutes sortes de châteaux féeriques ; mais il fallut en rabattre, non sans quelque rancune contre les deux personnages du roman qui s'en allait en fumée. Ellenor surtout lui semblait digne de blâme pour ce Calme inaltérable qu'on pouvait si aisément confondre avec une froideur repoussante. Encore si elle eût permis à miss Monro d'inviter M. Livingstone à leurs petits « thés de famille, » mais elle n'y voulait entendre sous aucun prétexte. Le chanoine revenait pourtant, et rarement passait moins d'une heure chez ses deux ouailles. Avec la subtilité naturelle à son sexe, miss Monro remarqua qu'il consultait parfois sa montre à la dérobée, preuve certaine qu'il ne s'en allait pas spontanément, mais par respect pour les convenances et lorsqu'il s'y jugeait absolument contraint. Autre symptôme : quand Ellenor se trouvait par hasard absente, le visiteur avait l'oreille au guet, et cherchait évidemment à se rendre compte du moindre bruit extérieur. Cependant, il évitait avec soin toute espèce d'allusion à leurs souvenirs de Hamley et, suivant l'ex-gouvernante, c'était là un mauvais symptôme.

Sur ces entrefaites, et lorsque durait déjà depuis plusieurs mois la situation que nous venons d'esquisser, la mort subite de M. Ness fut annoncée à Ellenor, par un ecclésiastique de Hamley, M. Brown, que le défunt avait chargé de veiller, le cas échéant, à l'exécution de ses dernières volontés. Il avertissait Ellenor que, sauf le payement de quelques legs, elle était désignée par le défunt comme usufruitière de la petite propriété qu'il laissait après lui. Ceci l'obligeait à se rendre sans délai au *parsonage* de Hamley, pour y prendre quelques dispositions relatives au mobilier, aux livres, etc., etc.

Vivement touchée de ce trépas inattendu et du témoignage d'affection que son vieil ami lui laissait, Ellenor hésitait cependant à se mettre en route. Revoir Hamley, après seize ou dix-sept ans d'absence, ne lui semblait pas une perspective autrement attrayante. Encore faudrait-il y aller seule, car miss Monro ne pouvait guère, sans congé, cesser les leçons quotidiennes qu'elle donnait à la fille de mistress Forster, une des riches notabilités de la ville. Le chanoine Livingstone, ami très-intime de cette dame, arriva fort à propos pour faciliter le départ de l'institutrice. Après l'avoir impatientée par le calme avec lequel il envisageait le prochain départ d'Ellenor, il sortit, sans rien dire de ce qu'il allait tenter, mais une heure plus tard, miss Monro recevait la permission désirée. — Cette attention délicate était-elle une simple obligeance, ou fallait-il y voir la marque d'un sentiment plus vif ? — Miss Monro se creusa longtemps la tête pour résoudre cette question, et nous devons ajouter qu'elle n'y avait pas encore réussi lorsque nos voyageuses, descendues dans le meilleur hôtel d'Hamley, y trouvèrent le vieux Dixon qui]es attendait au débarquer. Le brave homme avait subi de rudes atteintes ; lui, si robuste, si vigoureux autrefois, eut grand'peine à voiturer, dans la brouette qu'il avait amenée exprès, les bagages des deux voyageuses jusqu'à la cure, où les domestiques du défunt avaient tout préparé pour les recevoir.

M. Brown vint, dès le lendemain, indiquer à la légataire de Ness les mesures que nécessitait sa mise en possession. Elles étaient fort simples en elles-mêmes, mais Ellenor s'en fit un prétexte pour ne point sortir, si ce n'est aux heures de l'office. La plupart de ses meilleurs amis ou bien étaient morts, ou bien avaient quitté la ville ; deux ou trois restaient, auxquels miss Wilkins ouvrit volontiers sa porte. Un ou deux autres étaient tellement âgés ou tellement infirmes qu'elle se promit de les aller voir avant de quitter Hamley. En attendant, les visites se multipliaient, bien qu'on se dispensât, autant que possible, de les recevoir. Chaque soir, lorsque Dixon avait fini son travail chez M. Osbaldistone, il s'en venait au *parsonage*, sous prétexte de courses à faire, de livres à transporter, mais en réalité de par ce lien secret qui s'était formé entre Ellenor et lui, — lien dont ni l'un ni l'autre ne méconnaissaient la force, bien qu'ils évitassent avec soin toute parole qui aurait trop nettement impliqué, à leurs propres yeux, cette complicité inavouée.

Un soir, ils étaient ensemble dans la bibliothèque de la cure, — vieille pièce basse dont les fenêtres donnaient sur le jardin, — elle occupée à dresser un catalogue, tandis que son vieux serviteur lui passait tour à tour les volumes massifs ; leurs regards s'égaraient de temps à autre, franchissant les haies de chèvrefeuille qui, fraîchement arrosées par une pluie de mai, leur envoyaient des senteurs plus pénétrantes. Du *parsonage*, situé sur une hauteur, on voyait les prairies, étagées en pente douce, descendre graduellement jusqu'à la rivière, et dans une de ces prairies, des ouvriers terrassiers, munis de leurs instruments, étaient à l'œuvre sous le contrôle d'un homme dont la tenue indiquait autre chose qu'un simple *piqueur* de travaux. Ellenor, suspendant un moment sa besogne, voulut savoir ce qu'ils faisaient là.

« Ils posent les jalons du chemin de fer, lui répondit aussitôt Dixon avec une espèce de mécontentement… Nos gens de Hamley ne peuvent plus s'en tenir aux diligences d'autrefois.

— Mais, mon bon Dixon, reprit Ellenor, dont la curiosité satisfaite fit place à une autre préoccupation, si les gens de Hamley vous contrarient ou vous déplaisent, pourquoi ne viendriez-vous pas à Chester ?… Nous serions, miss Monro et moi, très-enchantées de vous y avoir.

— Merci, miss !… Je demeure, croyez-le bien, très-reconnaissant de cette bonté… mais je suis trop vieux pour déménager, répondit-il en hochant la tête.

— Ce ne serait pas déménager que de venir auprès de moi, » reprit Ellenor avec une certaine insistance.

Alors, et ne trouvant plus de prétextes valables, le vieillard lui révéla toute sa pensée. Il lui semblait que, venant à quitter Hamley et désertant ainsi l'espèce de dépôt à la garde duquel il se regardait comme préposé, il encourrait la responsabilité de quelque sinistre découverte. Cette idée gâtait son repos et empoisonnait jusqu'au plaisir de ses visites à Chester.

« Je n'y conçois vraiment rien, ma bonne *missy* ; car si ce n'était à cause de vous… de vous et de *lui*, s'entend… j'aimerais à ce que toute cette affaire fût éclaircie avant mon départ de ce bas monde… Pas moins vrai que pendant mes retours de rhumatisme, quand je rêve tout éveillé sur mon lit, il me semble toujours entendre creuser la terre ou abattre un arbre… Et je me lève alors malgré moi, je cours à la fenêtre de mon galetas. De là j'ai l'œil sur les écuries, au besoin, même, sur le bosquet. M. Osbaldistone a voulu me donner une chambre plus commode et moins froide… Plus souvent qu'il me fera quitter mon observatoire !… Il y a pourvut des nuits où j'ai cinq ou six alertes comme cela. »

Ellenor ne put s'empêcher de frissonner, Dixon s'en aperçut et, malgré le soulagement qu'il trouvait à la mettre dans le secret de ses chimériques superstitions, il s'abstint de revenir sur ce sujet. « Non, reprit-il, je n'irai point à Chester. Il me suffira de savoir que j'ai là de bons amis, tout prêts à me tendre la main dans les moments difficiles,… et une bonne *missy* pour me suivre, quand je ne serai plus, jusque ma dernière demeure. Ah ! chère enfant, que cette pensée ne vous effraye pas !… Il me tarde, je vous assure, de dormir en paix. »

Puis il s'en alla, murmurant à part lui une sorte de monologue : « Ils disent que le sang finit toujours par percer la terre qui le recouvre ; vraiment, si ce n'était pour elle, je voudrais en avoir le cœur net avant de mourir. »

Ellenor n'entendit pas cette dernière phrase. On venait de lui remettre une lettre de M. Brown, et dans cette lettre une autre était incluse, signée d'un nom qui attira immédiatement ses regards ; c'était celui de Ralph Corbet. Ayant appris la mort de M. Ness, et sans aucun renseignement sur les dispositions suprêmes de ce vieil ami, le célèbre avocat s'adressait à l'exécuteur testamentaire pour lui exprimer le désir d'acquérir, à quelque prix que les enchères le fissent monter, un certain Virgile *in-folio*, rarissime, avec des notes en italien. Sans être le moins du monde versée dans la littérature latine, Ellenor connaissait parfaitement ce volume, relié en parchemin, et qu'elle avait feuilleté à maintes reprises. Elle se hâta de l'aller prendre sur le rayon où il reposait, l'enveloppa elle-même de ses mains tremblantes, songeant à la main qui déferait ces nœuds formés par elle ; puis elle écrivit à M. Brown de transmettre le volume à M. Corbet, comme un souvenir de l'amitié que le défunt lui avait toujours conservée, — et cela sans faire aucune mention de la légataire à qui le *Virgile* appartenait.

Cette affaire réglée, elle reprit la lettre de M. Corbet et y tint ses yeux fixés jusqu'à ce que les caractères se détachassent en rouge sur le fond bleuâtre du vélin. Son passé repassait devant elle, et ses impressions de jeune fille lui étaient rendues. Ensuite, se réveillant tout à coup, au lieu de détruire le précieux autographe, — la correspondance amoureuse de M. Corbet lui avait été renvoyée bien des années auparavant, — elle le déposa tout au fond d'une vieille écritoire, parmi les feuilles de rose séchées qui embaumaient la lettre trouvée sous l'oreiller de son père défunt, la boucle de cheveux blonds détachée du front de sa petite sœur, et l'ouvrage inachevé de leur mère. — Cette addition à son petit trésor semblait l'avoir enrichie.

Deux jours après, se préparant à quitter Hamley, elle se décida, non sans peine, à rendre la visite que lui avaient faite les locataires de Ford-Bank. Il ne lui fut pas trop difficile de faire comprendre à mistress Osbaldistone que de tristes souvenirs lui rendraient trop pénible de revoir l'intérieur de cette maison si longtemps habitée par elle et son père ; puis ce fut sous la conduite de M. Osbaldistone qu'elle parcourut les jardins et le reste du domaine. « Vous voyez, lui fit remarquer son hôte, combien nous avons scrupuleusement exécuté la clause par laquelle les moindres changements nous étaient interdits. La végétation de ces grands arbres nous encombre et nous envahit, sans que nous nous soyons permis de toucher à aucun d'eux… Je conviens que ceci nous a paru quelquefois un peu rigoureux ; mais, en définitive, la récompense est venue. L'épais rideau de verdure tendu entre nous et le chemin de fer qui va s'ouvrir, diminue beaucoup les inconvénients d'un pareil voisinage : la vue des trains n'est pas précisément récréative, et le bruit qu'ils laissent après eux gagne beaucoup à être atténué comme il le sera par ces massifs restés intacts. »

Ellenor ne répondit rien. Ils venaient d'arriver aux limites de ce jardin fleuri où était recelé le mystérieux vestige dont le souvenir hantait sa mémoire. Elle se sentait hors d'état de parler, et même, comme en certains cauchemars, de mettre un pied devant l'autre. Enfin, quand les deux promeneurs eurent franchi un certain endroit où ce sentiment de terreur avait atteint son apogée, les propos courtois, les compliments empressés de M. Osbaldistone furent un peu moins perdus pour celle à qui ce digne homme les adressait.

Dixon les suivait à distance. M. Osbaldistone l'ayant aperçu lui fit signe d'approcher : « Vous avez là un admirateur passionné, dit-il à Ellenor… Recommandez-lui seulement d'éviter toute fâcheuse comparaison entre vous et ses nouvelles maîtresses… Ma femme et mes filles ne sont pas toujours flattées de la préférence qu'il vous accorde un peu trop hautement.

— Leur déplairait-il au point que vous songiez à vous séparer de lui ?

— Qui cela ?… moi, renvoyer Dixon ?… Nous sommes vraiment trop bons amis. »

Le vieux cocher profita de l'occasion et demanda la permission d'accompagner Ellenor jusqu'à la voiture qui, deux heures plus tard, allait l'emmener. Dirons-nous que pendant ces deux heures ils trouvèrent le temps d'aller ensemble au cimetière, et qu'après s'être agenouillés sur la tombe de M. Wilkins, ils cherchèrent dans un petit coin de terre, encore inoccupé, la place où Dixon demandait à reposer un jour. À quelques pas de là, sur une pierre usée par le temps, on pouvait déchiffrer, avec de bons yeux, l'inscription suivante :

À la mémoire de MARY GREAVES
née en 1797 — morte en 1818
—
Séparés pour nous réunir un jour.

« Cette sépulture, cette dalle funéraire ont été acquises avec mes premières économies, disait Dixon… et je me suis toujours bercé de l'espérance que je trouverais encore la place libre quand le moment serait venu de prendre ici mon domicile définitif… Pauvre Molly !… à ma place, elle aurait eu, j'en suis certain, le même désir…

— Et ce désir sera exaucé, je vous le promets, » dit Ellenor.

Le fait est que, dans la modeste aisance dont elle allait maintenant jouir, elle appréciait surtout la faculté d'améliorer le sort de ses deux plus fidèles amis : savoir, de miss Monro et du vieux Dixon. Après trente années d'enseignement, la première se sentait un peu lasse ; elle accepta sa libération avec le même sentiment de gratitude qu'une mère peut témoigner à l'enfant assez heureux pour lui faire agréer un service. Quant à Dixon, il se serait littéralement fait hacher pour sa bonne *missy*, passée à l'état d'idole.

Une des choses que miss Monro comprenait le moins, fut la réserve dans laquelle persiste M. Livingstone après leur retour à Chester. Et, bien qu'au fond elle dût beaucoup perdre au mariage d'Ellenor, elle s'affligeait, avec un parfait désintéressement, que le digne chanoine eût si complètement oublié les visées de sa jeunesse. Aussi s'efforçait-elle, — mais sans plus de succès que par le passé, — de le faire inviter à leurs petites réunions du soir : « Je suis sûre qu'il viendrait, disait-elle à sa compagne. — Peut-être bien, répondait celle-ci ; mais que m'importe ? — Faute d'encouragement, vous le réduirez à porter ses attention du côté de miss Forbes. — Qu'à cela ne tienne, » répliquait Ellenor du même sang-froid.

Miss Forbes était la sœur aînée de cette élève qu'avait récemment quittée miss Monro ; et mistress Forbes, avoir hésité quelque temps à se lier avec Ellenor, en était venue à la goûter beaucoup, à la voir très-fréquemment. Cette dama avait, en matière d'hygiène, de constantes préoccupations qui s'expliquaient par une série de désastres survenus dans sa famille, plusieurs de ses sœurs ayant été victimes de ce mal perfide qu'on appelle « consomption. » Pendant l'automne qui suivit le décès de M. Ness, elle crut devoir communiquer à miss Monro les craintes que lui inspiraient la santé d'Ellenor, son amaigrissement persistant, et la difficulté toujours croissante qui semblait gêner sa respiration. L'ex-gouvernante, une fois alarmée, tourmenta de ses soins assidus, de ses précautions infinies, l'inaltérable patience de sa docile compagne, qui resta littéralement emprisonnée chez elle tout le mois de novembre. Mais alors, — l'appétit venant à lui manquer, et la tristesse la gagnant, — les anxiétés de miss Monro prirent une autre direction. Il fallait à tout prix changer de climat, se distraire, se ranimer. Et comme, tout justement, mistress Forbes et sa fille devaient aller passer trois ou quatre mois à Rome, afin d'éviter les funestes influences des premiers souffles printaniers, pourquoi miss Wilkins ne partirait-elle pas avec ces dames, qui du reste l'en sollicitaient instamment ? Ce départ n'avait rien qui séduisît particulièrement Ellenor, mais elle n'était pas en état de résister à un complot dans lequel entrèrent tour à tour, — y compris son médecin, — toutes les personnes de son entourage habituel. Un calcul généreux la détermina d'ailleurs à écouter leurs conseils. Sur la propriété qui lui venait de sa mère, aussi bien que sur celle dont l'investissait le legs de M. Ness, elle n'avait qu'un droit d'usufruit. Jusqu'alors cette combinaison ne l'avait pas autrement inquiétée, puisque, selon la loi de nature, elle devait survivre aux deux personnes dont le sort était lié au sien, savoir miss Monro et Dixon. Mais, dans le cas où elles viendraient à la perdre, elle n'avait à leur léguer que d'assez minces économies, tout à fait insuffisantes pour défrayer les loisirs forcés de leur vieil âge. Elle se décida donc à faire ce qui semblait indispensable pour la conservation de ses jours.

Toutefois, avant de partir, elle prit les instructions de M. Johnson, et régla d'après elles tout ce qui devait être fait si malheur lui arrivait avant son retour en Angleterre. Dixon reçut d'elle une lettre fort longue et fort détaillée. Une seconde missive, beaucoup plus succincte, fut laissée au chanoine Livingstone, qui devait, le cas échéant, la faire passer à ce pauvre vieillard, comme souvenir et recommandation suprêmes.

Au moment où elle entrait, avec ses compagnes de route, dans la gare du chemin de fer qui venait de les transporter à Londres, un riche équipage y amenait toute une famille voyageant en sens contraire. Ellenor y reconnut, — à côté d'une jeune femme, mise à ravir, et en face d'une belle nourrice portant un *baby* dans ses bras, un ancien ami qu'il ne lui était pas donné d'oublier jamais entièrement. C'était M. Corbet, qui venait en personne acheminer vers Chester sa petite famille. Rejeté en arrière, les bras croisés sur sa poitrine, perdu en apparence dans une méditation profonde, il ne prenait garde ni aux passants, ni même aux êtres dont il était entouré de si près. Quelque grand procès l'absorbait sans aucun doute.

XII

La correspondance d'Ellenor devint bientôt, pour la bonne miss Monro, un objet permanent de préoccupations… et d'orgueil. Elle eût volontiers demandé au chapitre entier de se réunir dans la cathédrale pour ouïr la lecture des lettres qui lui arrivaient, timbrées de Gênes, de Florence ou de Rome. À défaut des chanoines, bien des dames, à Chester, n'ayant pas l'expérience des voyages, écoutaient avec l'attention due à des récits merveilleux, le compte rendu fort simple d'une excursion banale entre toutes. Dans ce temps-là, Lyon et Marseille n'étaient pas encore unies par une voie ferrée, ce qui retarda nos voyageuses, et mettait quelque inexactitude, même quelque désordre, dans l'arrivée de leurs dépêches. On apprit pourtant qu'elles avaient gagné, saines et sauves, la capitale du monde chrétien. Ellenor se louait d'une sensible amélioration dans l'état de sa santé. Le chanoine Livingstone confirmait d'ailleurs cette nouvelle, d'après une lettre qu'il avait reçue de mistress Forbes. L'imagination de miss Monro prit quelque ombrage de cette dernière missive. Une lointaine parenté, à la mode écossaise, entre les Livingstone et les Forbes, ne lui expliquait pas suffisamment pareille démarche. Il était permis de supposer que le chanoine ayant demandé la main d'Euphemia Forbes, la mère avait répondu. Qui même pouvait dire si une lettre d'Effie n'était pas incluse dans l'épître maternelle ? Ces ingénieuses hypothèses, — on le devine peut-être, le caractère de miss Monro étant donné, n'avaient pas le plus léger fondement ; mais elles n'en prirent pas moins dans son esprit une certaine consistance, et lorsqu'elle entendit M. Livingstone annoncer que probablement il partirait pour Rome à l'expiration de son terme de résidence, attendu qu'il voulait s'y trouver pour le carnaval, elle crut voir s'écrouler son rêve favori, qu'elle pleura de bonne foi, comme l'enfant dont une jupe traînante balaye le frêle château de cartes.

Au quatrième *piano* (étage, si vous voulez)d'une maison de la *via del Babuino*, Ellenor, cependant, goûtait les douceurs depuis longtemps inconnues, et presque nouvelles pour son âme, d'un complet oubli. Les spectacles étrangers, les traits de mœurs bizarres qui étonnaient ses yeux et piquaient sa curiosité, les souvenirs de la veille mêlés sans cesse à des projets pour le lendemain, occupaient sa pensée et la transportaient dans une sphère où ses affreux souvenirs n'avaient pour ainsi dire aucune place. Elle avait hérité en partie le tempérament artistique de son père : un groupe des rues, un *facchino* du Transtevère, une jeune fille revenant de la fontaine avec une espèce d'urne antique en équilibre sur sa tête, lui procuraient la même sensation de plaisir que bien des gens ont éprouvée en face des fidèles esquisses de Pinelli. Aussi se déshabituait-elle de ce découragement invétéré qui l'avait si longtemps minée ; sa santé se remettait à vue d'œil, et mistress Forbes, en la voyant renaître et s'égayer ainsi, se sentait amplement récompensée de l'inspiration charitable qui lui avait fait emmener cette aimable compagne.

Ainsi s'acheva le mois de mars. Le carême, cette année-là, commençait tard. Au coin des *condotti* on étalait déjà, pour la venté, d'énormes bouquets de violettes et de camélias, et les galants touristes n'avaient aucune peine à se procurer, pour les belles dames du Corro, des fleurs infiniment plus rares. Les ambassades occupaient leurs balcons, loués comme à l'ordinaire. Les attachés de la mission russe envoyaient de jolies babioles à toute jeune fille un peu bien — ou supposée telle, — qui venait à défiler lentement dans sa voiture, méconnaissable sous son domino blanc, et portant un masque garni de fil de fer, pour protéger son visage contre les *confetti,* ces dragées de plâtre qui, parties de toutes les fenêtres, l'auraient sans cela complètement aveuglée et défigurée. Mistress Forbes, en anglaise riche et qui se respecte, s'était assuré un large balcon au premier étage. Ses filles avaient à leurs pieds un grand panier rempli de bouquets, dont elles bombardaient ceux de leurs amis qui, perdus dans la foule, venaient à passer sous leurs fenêtres. Une provision de *moccoletti* attendaient, sur une table placée en arrière, le moment où s'allumerait à la fois cette multitude de flambeaux que chacun se donne la joyeuse mission d'éteindre par tous les moyens imaginables. La foule était à l'apogée de sa

166

tumultueuse gaieté, sauf toutefois les graves *contadini,* dont l'attitude solennelle faisait penser aux sénateurs leurs ancêtres, attendant sur leur chaise curule les soldats guidés par Brennus. On ne voyait de tous côtés que visages masqués et dominos blancs, nobles étrangers confondus avec la canaille locale, pluie de fleurs déjà flétries, cris de joie qui menaçaient de se changer en cris de fureur ; les *misses* Forbes venaient de céder pour un moment leurs places à leur mère et à Ellenor, que ce spectacle amusait beaucoup et ne laissait pas d'alarmer un peu, quand un visage connu leur apparut, celui du chanoine Livingstone, dont la voix familière à leurs oreilles leur fit entendre le *salam* britannique.

« *How do you do ?...* Comment arriverai-je jusqu'à vous ? » ajouta le nouveau venu, toujours en anglais, et deux minutes plus tard cet habitant de Chester, débarquant dans un salon de Rome, fut salué de l'accueil le plus sympathique.

« D'où venez-vous ?... Quel bon vent vous amène ?... Quelles nouvelles, parlez !... Il fallait arriver plus tôt... Voici trois semaines que nous n'avons eu de lettres... Les mauvais temps ont retardé les bateaux... Voyons, que nous direz-vous de là-bas ?... — Comment se porte miss Monro ? ajouta doucement Ellenor, au premier moment de silence.

Avec son calme sourire, et sans se laisser troubler par ce déluge de questions, M. Livingstone y répondit à loisir. Il n'était arrivé que de la veille, avait cherché ses amis vingt-quatre heures sans les pouvoir dépister, grâce à son mauvais italien, — logeait à l'hôtel d'Angleterre, — et ne regrettait pas d'avoir manqué la plus grande partie du carnaval, attendu que, pour deux pauvres heures de promenade, il était presque aveugle et à demi sourd. Il avait quitté Chester depuis seulement une huitaine ; — il apportait des lettres pour tout le monde ; — mais, craignant qu'elles ne lui fussent volées dans la foule, il ne les avait pas prises sur lui. — Miss Monro se portait bien, mais elle était inquiète d'Ellenor, dont elle n'entendait plus parler depuis longtemps, les bateaux étant aussi bien en retard pour l'Angleterre que pour l'Italie.

Rien dans tout cela que de très-naturel, rien qui pût donner la moindre inquiétude ; néanmoins mistress Forbes crut remarquer, dans la physionomie du chanoine, un espèce de trouble caché ; elle se figura également qu'il avait hésité, à deux ou trois reprises, en répondant à Ellenor ; mais le moyen de discerner l'expression d'un visage dans cette obscurité toujours croissante ? ou les inflexions d'une voix parmi les cris, les rires bruyants, les chants discords de la foule qui s'acharnait à éteindre, aussitôt allumées, les bougies de l'appartement.

Le chanoine fut invité à prendre le thé en famille, et dans l'intervalle, courut chercher les lettres dont il était porteur. Quand ils se retrouvèrent tous *via del Babuino*, mistress Forbes se crut plus certaine que jamais d'avoir deviné juste, en voyant l'air sérieux et distrait avec lequel M. Livingstone semblait attendre le retour d'Ellenor, qui était allée changer de toilette. Dès qu'elle parut, interrompant sa conversation avec la maîtresse de la maison, il l'emmena dans l'embrasure d'une croisée avant de lui remettre le paquet des lettres à son adresse.

« Je vois, lui disait-il, d'après vos paroles de tout à l'heure, sur le balcon, que vous n'avez pas été régulièrement informée de ce qui se passait.

— Non, répondit-elle, déjà fort émue et sans savoir à quel sujet.

— Je m'explique alors ce silence dont s'étonnait miss Monro… miss Monro, et aussi votre homme d'affaires… Comment se nomme-t-il déjà ?…

— Mon homme d'affaires, dites-vous ?… monsieur Livingstone, pas tant de précautions, je vous le demande en grâce… Parlez… je veux savoir… D'ailleurs je m'attends à tout… mais parlez, au nom du ciel ; ne me tenez pas dans cette affreuse incertitude !… »

Et la pauvre enfant, plus pâle que la cendre du foyer, se laissa tomber sur un siège.

« Vos frayeurs sont exagérées, chère miss Wilkins… bien qu'il soit arrivé d'assez tristes choses… Aucun de vos amis ne doit vous inspirer la moindre crainte… Seulement, un vieux serviteur de votre famille…

— Eh bien ? s'écria-t-elle, penchée en avant et lui saisissant le bras par un mouvement tout à fait en désaccord avec sa réserve habituelle.

— Eh bien,… poursuivit-il avec une évidente hésitation, … cet homme est sous les verrous, comme soupçonné de simple homicide, ou d'assassinat, je ne sais trop… »

Ces derniers mots à peine sortis de ses lèvres, il sentit Ellenor s'abaisser sur le bras dont elle s'était saisie l'instant d'avant…

Quand elle reprit ses sens, elle se trouva sur son lit, à moitié déshabillée. Ses amies l'entouraient et lui faisaient avaler quelques cuillerées de thé. Mistress Forbes, qui l'entendit exprimer, d'une voix fiévreuse, la volonté de se lever et de partir sans retard, lui prescrivit au contraire de rester couchée. D'ailleurs, au premier mouvement qu'elle fit pour quitter son lit, la jeune malade put se convaincre qu'une pareille entreprise était au-dessus de ses forces. « Au moins, s'écria-t-elle avec angoisse, au moins donnez-moi mes lettres !… Qu'on me laisse seule. Je désire ensuite m'entretenir avec M. Livingstone. Au nom du ciel, retenez-le jusque-là !… »

On disposa, selon ses désirs, plusieurs bougies autour d'elle et, sans témoins, malgré une sorte d'étourdissement qui semblait de temps à autre paralyser ses facultés pensantes, elle s'efforça de lire et de comprendre.

Évidemment, il y avait des lacunes dans sa correspondance avec l'Angleterre. Quelques lettres avaient été remises à un voyageur dont la traversée avait sans doute subi quelques retards et qui n'était pas encore arrivé à Rome. D'autres, confiées à la poste, n'avaient point franchi, dans les délais ordinaires, une route encombrée par les neiges. Ceci n'arrivait que trop souvent, à cette époque où le nouveau chemin de fer français n'était pas encore complet, et où la malle de Lyon à Marseille fonctionnait, par le gros temps, avec une irrégularité désespérante. Il fallait donc qu'Ellenor, dans les dépêches dont elle avait à prendre connaissance, suppléât tout ce que ses correspondants se dispensaient de lui répéter, et devinât sous une foule d'allusions obscures les faits qu'ils supposaient connus d'elle.

Dans la lettre de miss Monro, — la première qu'Ellenor essaya de déchiffrer, — il était question de l'émotion publique produite par la découverte du cadavre de M. Dunster, qu'on avait retrouvé en creusant les tranchées du chemin de fer entre Hamley et la station suivante. Ce corps méconnaissable paraissait n'avoir été identifié qu'au moyen des lambeaux de vêtements dont il était encore couvert, surtout grâce à la montre avec cachet qui gisait dans son voisinage immédiat. Mais le plus terrible de l'affaire — et ce qui avait spécialement choqué les Osbaldistone, — c'était que dans les mêmes terrains, explorés avec un soin particulier on avait rencontré une *flamme* (ou lancette de vétérinaire) sur laquelle était gravé le nom d'Abraham Dixon. Or, dès le début des recherches qui devaient aboutir à ce résultat si menaçant pour lui, Dixon, que son maître, avait envoyé depuis déjà quelques semaines à une foire de chevaux, tenue en Irlande, avait eu justement la jambe cassée par une jument vicieuse ; en sorte que son arrestation avait été opérée sans la moindre difficulté, dans un faubourg de Tralee, par les agents dépêchés après lui…

Ici, Ellenor poussa une exclamation douloureuse, et, sans achever la lettre de miss Monro, rompit vivement une enveloppe sur laquelle l'écriture de M. Johnson était parfaitement reconnaissable. Antérieure de quelques jours à celle de miss Monro, cette dépêche ne mentionnait aucunement la désastreuse découverte. L'homme d'affaires se plaignait seulement de n'avoir encore aucune réponse à sa missive en date du 9 janvier, ajoutant que miss Wilkins n'hésiterait pas sans doute à ratifier la mesure prise par ses *trustees*. Après la modification du tracé primitif, la compagnie du chemin avait fait de si belles offres, M. Osbaldistone lui-même avait été si coulant, etc. Ellenor ne put aller plus loin : elle trouvait à chaque mot l'indice écrasant d'une destinée vengeresse, acharnée, aurait-on dit, à la perdre sans retour. Après une pause, elle essaya de continuer, mais tout ce que put saisir son intelligence troublée fut que M. Johnson avait fait tenir sa lettre à miss Monro, dans la croyance où il était que celle-ci l'acheminerait par des voies plus sûres.

Elle ouvrit alors le troisième pli. M. Brown lui envoyait, selon sa coutume, une note sur les démarches auxquelles donnait lieu le règlement définitif des affaires relatives à la succession de M. Ness. Celui-ci s'était également adressé à miss Monro pour qu'elle le mît, aussi vite que possible, en rapport avec leur amie commune. Au moment où Ellenor allait laisser échapper de ses mains cette lettre insignifiante, le nom de M. Corbet attira tout à coup son attention :

« Peut-être apprendrez-vous avec quelque satisfaction, lui disait M. Brown, que celui des amis du défunt pour qui avait tant de prix le vieux Virgile *in-folio* d'Alde Manuce, vient d'être nommé juge, à la place de M. *Justice* Jenkin. Au moins dois-je supposer que M. Ralph Corbet, *Queen's counsel*, est bien le même que notre bibliophile. »

— Oui, se dit Ellenor, non sans une profonde amertume, et ce juge infaillible avait nettement jugé notre situation réciproque… Il eut raison de penser que notre hymen ne pouvait s'accomplir… — Puis après quelques réflexions sur un passé déjà lointain, raffermie par ces réflexions mêmes, elle reprit, pour l'achever cette fois, la lettre de miss Monro.

Cette excellente amie avait tâché de suppléer, aussi activement que possible, à l'absence d'Ellenor. M. Johnson était chargé de tout ce qui avait trait à la défense de Dixon, avec un crédit illimité pour cet objet. Elle-même, miss Monro, se proposait d'aller voir l'accusé dans sa prison ; mais, en dépit de tout ce zèle, inspiré par l'affection qu'elle gardait à son ancienne élève, celle-ci put s'assurer qu'elle ne croyait aucunement à l'innocence du vieillard si injustement soupçonné. — Et si elle n'y croyait pas, qui donc y pourrait croire ?

Sur cette réflexion, ne prenant plus conseil que d'elle-même, Ellenor se leva, et après avoir rajusté ses vêtements en désordre, apparut, comme un spectre, à la porte du salon où ses amis étaient réunis.

« Monsieur Livingstone, dit-elle, je voudrais avoir avec vous cinq minutes d'entretien particulier… » Et quand le chanoine l'eut suivie dans la salle à manger : « Voyons, reprit-elle, ne me cachez rien !… Que savez-vous de ce… de cette malheureuse affaire ?

— Je ne la connais que par miss Monro,… et par *le Times* qui en parlait la veille de mon départ. Miss Monro pense que si ce vieillard a commis le crime, ce doit être dans un moment de colère tout à fait irréfléchie… Elle semble d'ailleurs animée d'une espèce de ressentiment contre la victime de ce meurtre… Elle assure que sa disparition, dans le temps, mit à jour des malversations qui firent perdre à M. Wilkins une somme considérable.

— Elle se trompe, s'écria Ellenor dominée un moment par le sentiment des réparations dues à l'homme qui n'était plus… Mais aussitôt elle craignit de trahir, en s'y laissant aller, une trop complète connaissance de ce qui s'était passé… Je veux dire, reprit-elle, que M. Dunster, peu sympathique d'ailleurs, et que personne chez nous n'avait jamais pris en gré, n'a jamais trompé la confiance de mon père… C'est là un fait que vous devez ne pas perdre de vue.

— Soit, dit le chanoine s'inclinant… Quant au prisonnier, miss Monro… mais qu'avez-vous donc, chère demoiselle ?… »

Le fait est qu'Ellenor, en entendant ce mot : *prisonnier*, n'avait pu retenir un premier mouvement d'angoisse. Voyant l'étonnement peint sur le visage de son paisible interlocuteur, elle s'efforça de sourire :

174

« Mon Dieu, dit-elle avec tout le calme dont elle put reprendre possession… c'est qu'il me semble affreux de penser que ce vieux brave homme se trouve en pareille aventure.

— Vous le croyez donc innocent ? s'écria M. Livingstone encore plus surpris qu'auparavant. Pouvant, d'après ce que j'ai pu entendre ou lire à ce sujet, sa culpabilité ne fait doute pour personne… J'entends sa culpabilité matérielle… Quant à la préméditation… »

Ellenor ne le laissa pas achever.

« Dans quel délai, lui demanda-t-elle, puis-je me trouver en Angleterre ? Il faut que je me mette en route sans aucun retard.

— Mistress Forbes a fait prendre des renseignements avant que vous ne fussiez levée… Vous ne pourrez, je crois, vous embarquer pour Marseille que dans la journée de mardi, c'est-à-dire après demain.

— Il faut que je parte plus tôt que cela, se récria Ellenor. Il le faut absolument. Vous m'y aiderez, n'est-ce pas vrai ?… Songez donc que je pourrais arriver trop tard !…

— Quelque hâte que vous y mettiez, il est malheureusement à prévoir que vous arriverez, en effet, après l'issue du procès, car il doit être jugé aux assises d'Hellingford. Or, cette ville figure en première ligne sur la liste du *Midland-Circuit*. Nous sommes aujourd'hui le 27 février. La session doit s'ouvrir le 6 mars.

— Eh bien, dès demain, je pars pour Civitta-Vecchia… Peut-être s'y trouvera-t-il, venant de je ne sais où, quelque bateau prêt à prendre la mer… Excusez ce que cette brusque résolution peut avoir d'irréfléchi en apparence. Toujours est-il que la voilà prise, et irrévocablement… Retournez seul au salon, et faites en sorte que personne ne pénètre chez moi ce soir… Je vous ferai mes adieux à tous demain matin… D'ici là, qu'on me laisse le loisir de penser !… »

M. Livingstone parut un moment tenté de lui adresser quelques paroles de consolation, mais, réflexion faite, il la quitta sans lui dire un seul mot. Revenu auprès de mistress Forbes et de ses filles, il leur donna lecture de l'article du *Times* où se trouvaient résumés les faits à la charge de Dixon et son premier interrogatoire. Il s'était bien gardé de l'offrir à Ellenor dont il pensait que ce document ébranlerait les convictions favorables à l'accusé, convictions que, selon lui, elle ne devait pas conserver longtemps. Mais dès qu'elle s'était retrouvée seule, le souvenir lui revenant de tout ce qu'il avait dit à ce sujet, elle pensa au journal et voulut savoir dans quel sens ce puissant organe de l'opinion se prononçait, sur le premier aperçu des circonstances qui semblaient inculper le malheureux Dixon. À sa demande expresse, le numéro du *Times* lui fut envoyé par mistress Forbes qui, bien à regret, ne conservait aucun doute sur la culpabilité matérielle du prisonnier. En revanche, elle pensait qu'il pouvait exister en sa faveur quelques circonstances atténuantes, probablement connues d'Ellenor, et que celle-ci se sentait tenue d'attester en justice pour éclairer la religion des jurés.

Après avoir parcouru d'un bout à l'autre le compte rendu de l'interrogatoire subi par l'ancien serviteur de son père, Ellenor baigna d'eau froide son visage et ses yeux brillants ; puis, imposant silence aux battements de son cœur, elle tâcha d'apprécier froidement la valeur et la portée des preuves alléguées à l'appui de l'accusation.

Il lui fallut reconnaître qu'elles étaient accablantes. Un ou deux témoins déposaient de l'antipathie fort peu dissimulée que l'accusé avait, dans le temps, manifesté contre l'associé de son maître ; antipathie qui provenait, — Ellenor le savait bien, — d'un sentiment de loyal dévouement à ce dernier, tout autant pour le moins que d'une aversion personnelle contre l'ancien premier clerc. On ne pouvait contester que la *flamme* trouvée en terre, à quelques pouces du cadavre, n'eût appartenu au cocher de M. Wilkins, et un homme, jadis au service de celui-ci, se rappelait fort bien que, le lendemain même du meurtre, alors que tout Hamley se demandait ce que M. Dunster était devenu, un des poulains de M. Wilkins ayant eu besoin d'une saignée, Dixon l'avait envoyé, lui, témoin, chercher une lancette d'écurie chez le maréchal-ferrant. — Cette commission l'avait quelque peu surpris, précisément parce qu'il savait son camarade possesseur d'un instrument de ce genre.

M. Osbaldistone, interrogé à son tour, s'était plusieurs fois interrompu pour manifester son étonnement qu'un crime si odieux fût imputable à un individu aussi régulier, aussi probe que l'était Dixon. Mais, tout en rendant justice aux qualités de ce serviteur dont il n'avait pas eu à se plaindre une seule fois pendant les années où il l'avait gardé chez lui, le locataire de Ford-Bank ne paraissait douter en aucune manière qu'il ne fût coupable, alléguant, à l'appui de cette conviction, l'espèce de résistance à la fois obstinée et sournoise, que Dixon opposait à ses ordres, chaque fois qu'il était question de toucher à la portion de terrain où le cadavre avait fini par être découvert.

En lisant cette partie de l'enquête, Ellenor ne put s'empêcher de frissonner. Là, dans cette chambre italienne, elle vit tout à coup se dessiner la pelouse oblongue dont le fatal souvenir lui était sans cesse présent ; — un lit de mousse verte et de lichens, et cette mince couche de gazon recouvrant a peine, au pied du vieil arbre, le sol brûlé qu'on ne remuait jamais. Pourquoi ne s'était-elle pas trouvée en Angleterre au moment où les constructeurs du chemin de fer, entre Hamley et Ashcombe, avaient modifié le tracé de la ligne jalonnée. Elle aurait prié, supplié ses *trustees* ; elle aurait obtenu d'eux de ne vendre à aucun prix — si énormes que fussent les offres, — ce morceau de terre ! Elle aurait, au besoin, corrompu les *surveyors*, en un mot tout essayé, tout mis en usage…, mais à présent, il était trop tard…

Trop tard : — donc il fallait, sans se perdre en vains retours sur ce qui aurait pu être, étudier, dans tous ses détails, l'immuable présent. Le journal ne lui apprit pas grand'chose de plus. Le prisonnier, — mis en garde contre

178

ses propres aveux, suivant la belle tradition de la magistrature britannique, — avait donné tous les signes d'une vive émotion, décrite en ces termes par le *reporter* du *Times* : « On remarque ici que le prisonnier se cramponne à la barre comme pour ne pas tomber. Sa pâleur devient telle qu'un des porte-clefs, le croyant prêt à défaillir, lui offre un verre d'eau : il le refuse. Ces signes de faiblesse nous étonnent, donnés par un homme taillé en force ; mais sa physionomie, sombre et farouche, gêne l'intérêt qu'on serait tenté de lui porter. »

— Mon pauvre Dixon, comme on te méconnaît ! s'écria Ellenor posant le journal et sur le point de fondre en larmes ; mais elle s'était interdit toute faiblesse de ce genre, et continua sa lecture : « À un moment donné, on a pu croire que le prévenu allait entrer dans quelques explications justificatives ; toutefois, en supposant, que telle ait été son intention, il a changé d'avis ; cependant, à une question du magistrat instructeur, il a simplement répondu : « Vous avez échafaudé bien des preuves contre moi, messieurs, et vous paraissez contents de votre œuvre. Aussi me garderai-je de troubler, par la moindre objection, cette joie si légitime. » En conséquence, Dixon a dû être renvoyé, sous la prévention de meurtre, devant les assises d'Hellingford, présidées par le baron Rushton et M. *Justice* Corbet. »

M. *Justice* Corbet !... Ces mots pénétrèrent comme une lame aiguë dans la poitrine d'Ellenor, et, par un irrésistible mouvement, elle se trouva debout. Ainsi donc ce jeune homme, l'idole de ses premiers rêves, et cet ancien domestique, assidu compagnon de ses premiers jeux, — ces deux êtres qui s'étaient trouvés, à cause d'elle, en rapports familiers, si ce n'est en termes, très-sympathiques, — allaient se rencontrer face à face, l'un sur le siége des juges, l'autre sur le banc des accusés. Dans quel sens M. Corbet allait-il interpréter, aujourd'hui, cette révélation partielle qu'elle lui avait faite jadis, à propos d'une honte imminente qui la menaçait, elle et les siens ? Que lui avait-elle dit à ce sujet ? Dans quels termes s'était-elle exprimée ? La veille encore, elle se les serait rappelés. Maintenant les faits seuls et non les mots lui revenaient à l'esprit... Après cela, restait une chance, — une chance, sur cent, il est vrai, — pour que Ralph et le juge Corbet ne fussent pas une seule et même personne...

Elle en était là de ses réflexions et des conjectures qui s'y rattachaient, quand elle entendit, dans le corridor sur lequel ouvrait sa chambre, les pas légers de ses jeunes amies. Elles allaient, heureuses et le cœur léger, se livrer au sommeil. Un doigt discret heurta la porte. Ellenor ouvrit, et mistress Forbes se montra dans un élégant déshabillé. Elle venait s'informer de l'état d'Ellenor, et de ses projets pour le lendemain ; naturellement, elle ne comprenait guère que miss Wilkins se crût obligée à plus que miss Monro n'avait déjà fait en son nom : « Grâce à vous, la défense de ce malheureux est en bonnes mains. Présente au jugement, que ferez-vous de plus ? D'ailleurs il est à présumer que l'affaire sera terminée avant que vous n'ayez pu vous

180

rendre à Hellingford, et alors, soit que Dixon ait été acquitté, soit qu'il ait été reconnu coupable, votre présence, inutile dans le premier cas, vous expose, dans le second, à être témoin des incidents les plus sinistres. »

Mais ce fut en vain qu'elle essaya d'ébranler ainsi la résolution de sa compagne ; Ellenor avait pris son parti, et y persista malgré toutes les raisons mises en avant pour l'ébranler. Mistress Forbes se laissa finalement émouvoir par les instances passionnées avec lesquelles Ellenor lui demandait de ne pas s'opposer à une détermination inébranlable, et comprenant qu'elle avait épuisé toutes les ressources de l'autorité que lui donnait son âge, elle la quitta pour aller rejoindre ses filles qui attendaient, groupées et curieuses, le résultat de la conférence. Aux mille questions qui l'accueillirent, elle répondit avec une affectueuse gravité : « Dans l'état où est Ellenor, il n'est guère possible de raisonner avec elle, et puisqu'elle regarde comme un devoir sacré de porter secours à ce vieux serviteur, je pense qu'il faudra la laisser partir jeudi. »

M. Livingstone se trouva du même avis, et bien qu'une femme de confiance eût déjà été arrêtée pour accompagner Ellenor, il voulut, à toute force, repartir avec elle. Peut-être la voyageuse se fût-elle très-bien passée de cette marque de dévouement ; mais elle avait usé ses forces dans le débat relatif à son départ, et, tout absorbée par la pensée de ce qu'il lui restait à faire pour sauver un accusé innocent, elle ne trouva pas en elle-même l'énergie d'un refus difficile à expliquer.

Ils s'embarquèrent donc, le soir du jour fixé, à bord de la *Santa-Lucia*, qu'un heureux hasard avait retardée. Ellenor, après une nuit passée dans un des hamacs les plus haut perchés, n'osa sortir de sa cabine qu'après l'évacuation des couchettes inférieures. Une fois sur le pont, elle vit se découper devant elle, dans les teintes roses du levant, les côtes dentelées de l'île d'Elbe que le navire longeait justement alors. Le docteur Livingstone ne tarda pas à se montrer ; mais il semblait s'être fait une loi de n'empiéter jamais sur la réserve que sa compagne observait vis-à-vis de lui, et, se bornant à quelques paroles de politesse, il se mit ensuite à se promener sur le pont, de long en large, sans donner suite à la conversation, tandis que notre voyageuse, l'œil toujours fixé sur le profil de l'île, qui allait s'éloignant et s'atténuant de quart d'heure en quart d'heure, se laissait aller à quelques moments de salutaire oubli.

Tout à coup, une commotion ébranla le navire, dont la membrure oscilla, dont les jointures craquèrent, et, en même temps, des tourbillons de vapeur se répandirent sur l'arrière, qui se trouva plongé dans une sorte d'obscurité ! On vit, ou plutôt l'on entendit, par les cabines ouvertes à la fois, affluer les passagers malades ou bien portants. Ceux de l'entre-pont arrivèrent ensuite, foule bariolée de costume et de langage, criant et jurant dans tous les patois de France et d'Italie. Ellenor n'avait pas bougé de place. Debout, et ne sachant ce qui allait arriver, elle se demandait si, la *Santa-Lucia* venant à couler bas, le pauvre Dixon resterait sans appui dans le péril.

En un instant le docteur fut à ses côtés. Il prononça d'abord quelques phrases dont elle ne put comprendre le sens, assourdie, comme elle l'était, par le sifflement de la vapeur : « Ne vous alarmez pas inutilement, reprit-il alors d'une voix plus haute ; c'est un accident arrivé aux machines. Je vais m'en informer, et je reviendrai aussitôt que possible pour vous mettre au courant... Fiez-vous à moi, je vous en prie ! »

Il revint en effet, et la trouva tremblante : « Je l'avais bien deviné, lui dit-il, nous sommes victimes de la négligence que mettent les mécaniciens napolitains à l'entretien de leurs appareils... Maintenant, ils veulent qu'on regagne terre au plus vite..., c'est-à-dire qu'il faudra retourner à Civita-Vecchia.

— Comment ?... L'île d'Elbe est à quelques *milles*... N'était la vapeur, nous l'aurions en vue.

— Oui... mais si nous y touchions, nous pourrions y rester longtemps... Pas un *steamer* n'y fait escale. Au contraire, en retournant à Civitta, nous arriveront à temps pour prendre le bateau de dimanche. Après cela, continua-t-il voyant la désolation peinte sur le visage d'Ellenor, ne nous exagérons pas la portée d'un si léger retard. De ce que les assises s'ouvrent le 7 à Hellingford, il ne s'ensuit pas absolument que l'affaire de Dixon y sera jugée ce jour-là... Lundi soir, nous pouvons être rendus à Marseille... De là, par la malle-poste, à Lyon... Donc jeudi, pour le plus tôt, c'est-à-dire le huit, nous serons à Paris... Reste à savoir ce qu'il vous faudra de temps, pour recueillir les témoignages favorables que vous comptez ajouter aux *moyens* de la défense. »

Il ne hasarda qu'à regret cette dernière insinuation, car il savait à quel point Ellenor était en garde contre toute question, directe ou indirecte, concernant le but de son intervention dans le procès de Dixon ; — mais, d'un autre côté, il ne pouvait s'empêcher de penser que cette jeune femme, douce et timide, étrangère à tout, aurait grand besoin de l'assistance et des conseils qu'il serait heureux de lui offrir.

Ellenor, cependant, laissa tomber ce vain appel d'un vrai dévouement à son entière confiance. Elle ne se refusait à aucune suggestion du docteur, et adoptait en toute chose sa manière de voir ; mais elle se dérobait à sa curiosité, dont les vrais motifs, — soit qu'elle les devinât *in petto*, soit qu'elle parvint à les méconnaître, — auraient sans doute, en tout autre circonstance, fléchi cette discrétion inexorable.

Du reste, pendant l'inévitable délai auquel nos voyageurs se trouvèrent condamnés, Ellenor se montra, comme à l'ordinaire, d'une patience, d'une résignation à toute épreuve. Sa femme de chambre, en revanche, qu'aucun motif pressant n'appelait en Angleterre, manifestait son dépit, sa contrariété, par des plaintes singulièrement amères, qu'elle croyait devoir au décorum de son importance professionnelle.

Enfin, la traversée recommença, cette fois sans accident. Après avoir revu les côtes du dernier territoire sur lequel ait régné le Napoléon légendaire, Ellenor et son fidèle suivant abordèrent à Marseille. Elle put s'assurer, dès lors, combien allaient lui être indispensables les services désintéressés de l'excellent docteur qui, lui-même, en riant, s'intitulait son « courrier ».

XIII

À l'embarcadère du chemin de fer où miss Wilkins devait prendre son billet pour Hellingford, les fonctions de son zélé compagnon allaient naturellement cesser. Quand l'heure de s'y rendre fut arrivée, Livingstone se rapprocha d'Ellenor qui venait de régler le compte de sa soubrette provisoire. « J'espère, lui dit-il, que dans ces nouveaux tracas où je vous vois sur le point de vous jeter, vous ne mettrez aucun scrupule à réclamer de moi, sans restriction quelconque, tous les services que je pourrais vous rendre.

— Je vous te promets, dit Ellenor qui lui tendit la main par un élan d'irrésistible reconnaissance... et pour commencer, je vous rappellerai la promesse que vous m'avez faite d'aller trouver miss Monro ; vous la mettrez au courant de ce qui se passe.

— En récompense, ne puis-je compter sur quelques mots de vous ?

— Certainement... vous avez sur moi les droits d'une sincère amitié... Vous saurez donc tout... du moins tout ce que je peux dire.

— Une amitié sincère ?... oh ! oui, miss Wilkins, et vous n'aurez jamais d'ami plus absolument à vous... Je ne dois

vous demander aujourd'hui que de me mettre à l'épreuve…
Plus tard, peut-être… »

Il s'arrêta, mais la loyale Ellenor ne voulut pas affecter de se méprendre au sens de ses paroles que leur accent rendait encore plus intelligibles.

« Amis, reprit-elle… restons amis… liés par un sentiment que rien ne saurait changer… non rien, pas même un triste aveu que je vous dois… C'est que je suis coupable, au même titre et au même degré que Dixon ; c'est-à-dire innocente comme il est innocent, je vous le garantis.

— Il l'est à coup sûr, si vous êtes sa complice ; rien n'ébranlerait en moi cette certitude… Laissez-moi donc, Ellenor, solliciter de vous une révélation plus complète… Donnez-moi le droit de venir à votre aide, non plus seulement comme un ami, mais avec toute l'autorité d'un futur époux.

— Non, non, répondit-elle avec un mouvement d'effroi ; vous ne savez pas à quel point ceci est impossible… Vous ne savez pas à quoi je suis exposée…

— Aucun péril ne m'effraye, si je le brave pour vous, à côté de vous.

— Il ne s'agit pas d'un péril, mais d'une flétrissure.

— Eh, qui sait si je ne vous en préserverais pas ?

— Au nom du ciel, qu'il ne soit plus question de ceci !… En ce moment, si vous insistiez, mon refus est inévitable. »

Elle ne songeait pas que son refus, ainsi formulé, donnait grande prise à l'espérance d'un heureux retour. Il s'en aperçut bien, lui, et y trouva quelque motif de patienter encore.

En la faisant monter en wagon, il était de plus en plus dominé par une joie secrète. Une fois en route, et à mesure qu'elle approchait de la ville où tant d'incertitudes allaient prendre fin, elle se sentait de plus en plus accablée. Le télégraphe électrique ne fonctionnant pas encore à cette époque, elle ne pouvait avoir de renseignements que dans les bureaux de station, et passant sa tête à la portière chaque fois que le train s'arrêtait, elle ne se faisait pas faute de questionner. Mais les réponses qu'elle arrachait ainsi aux employés absorbés dans les détails du service, étaient tellement vagues, tellement contradictoires, qu'elle n'osait leur accorder la moindre créance.

À Hellingford, où elle arriva vers huit heures du soir, les maisons mieux éclairées que d'ordinaire, un mouvement inusité dans les rues, attestaient les efforts de l'hospitalité locale envers les résidents temporaires que les assises y avaient attirés. Mais c'était partout le banquet des adieux, car les juges venaient de partir, cette même après-midi pour aller achever, dans une petite ville voisine, le circuit trimestriel.

« Conduisez-moi chez M. Johnson, » avait dit Ellenor aux porteurs de son léger bagage. Or, M. Johnson réunissait à dîner ce soir-là tout précisément les attorneys, ses confrères, qui étaient venus de Londres plaider au grand criminel. Averti qu'une dame demandait à lui parler immédiatement et en particulier, il quitta la table et arriva, d'assez mauvaise humeur, dans son cabinet. « Dixon ? » lui demanda Ellenor, coupant court aux exclamations de surprise qu'il n'avait pu retenir à sa vue.

« Ah ! c'est une triste affaire, répondit-il en hochant la tête et prenant une physionomie de circonstance... Je comprends qu'elle ait abrégé votre séjour en Italie... Pauvre diable !... il faut espérer qu'il était accusé à bon droit... car le jury n'a pas hésité...

— Donc, il est...

— Il est condamné à mort...

— Et par qui ?... demanda Ellenor, frappée au cœur, bien qu'elle eût déjà, depuis un instant, pressenti la funeste nouvelle.

— Par le juge Corbet, répondit Johnson ; et je vous assure que pour un magistrat encore neuf en cette espèce d'affaires, il s'en est honorablement tiré. Quant à moi, j'ai fait de mon mieux, selon les instructions de miss Monro, agissant elle-même en votre nom... Mais comment sauver un accusé qui reste invariablement bouche close, — à qui on ne peut arracher aucun renseignement, — qui ne vous fournit aucune preuve en sa faveur, aucune réplique aux charges dont on l'accable ?... Jamais je ne me serais figuré qu'il voulût faire plaider son innocence... En s'avouant coupable, il aurait intéressé les jurés que ses dénégations pures et simples, dénuées de toute vraisemblance, devaient naturellement indisposer. Mais il aura probablement reculé devant l'idée de se noircir lui-même aux yeux de ses anciennes connaissances de Hamley…

— Quand doit s'exécuter l'arrêt ? »

Cette question fut faite d'une voix assourdie et comme étranglée au passage.

« Selon l'usage ordinaire, le second samedi après le départ des juges… Bon Dieu, miss Wilkins, qu'avez-vous à pâlir ainsi ?… Hester, Jessy, vite, accourez !… De l'eau, du vin… miss Wilkins se trouve mal. »

Ce ne furent ni Hester, ni Jessy, ce fut mistress Johnson qui répondit la première à cet appel pressant. Elle trouva Ellenor sans connaissance, renversée dans un fauteuil, et l'*attorney* passablement embarrassé de lui-même. Mais quand fut expliqué en quatre mots l'état des choses, elle le renvoya elle-même à ses convives, et ses soins bien entendus eurent bientôt remis la pauvre évanouie, dont les premiers mots, au sortir de la crise, exprimèrent le désir de revoir M. Johnson.

« Vous ne le verrez certainement pas, répliqua la digne femme de l'attorney… Demain, quand vous aurez bien dormi…

— Je ne dormirai pas si je n'ai la réponse de M. Johnson à deux ou trois questions indispensables. »

Il fallait éviter de contrarier la malade, et d'un autre côté, respecter la consigne sévère de M. Johnson qui n'eût pas trouvé bon de planter là, deux fois de suite, ses respectables invités.

« Tenez, dit-elle à Ellenor, voici une plume et du papier… Écrivez vous-même vos questions !… Je les ferai passer à mon mari. On vous rapportera sa réponse, s'il peut vous en donner une. »

Ellenor, malgré la peine qu'elle avait à réunir, à formuler ses idées, traça les lignes suivantes : « À quelle heure pourrai-je vous voir demain matin ?… Voulez-vous me frayer l'accès de la prison où est Dixon ?… Pourrais-je, dès ce soir, être admise auprès de lui ? »

On lui rapporta les réponses suivantes, crayonnées sur le même papier :

« Huit heures. — Oui. — Non. »

Il fallut bien, là-dessus, tâcher de se rendormir.

En ouvrant les yeux, Ellenor tressaillit et regarda sa montre. Il n'était pas encore six heures, et lorsqu'elle se mit à la fenêtre pour aspirer quelques bouffées d'air matinal, elle vit une domestique agenouillée sur le seuil, dont elle nettoyait les dalles. Cet exemple éveilla chez Ellenor une sorte de scrupule ; tout retard lui semblait une énormité. En conséquence, après s'être habillée à la hâte, mais avec les soins minutieux dont elle avait de bonne heure contracté l'habitude, elle sortit pour se rendre au château d'Hellingford, qui lui fut désigné comme servant de geôle aux détenus de la ville. Une petite fille qui balayait le devant de l'espèce de niche où logeait le concierge, fut passablement étonnée de s'entendre demander par une belle dame si on pouvait voir Abraham Dixon. $ans répondre un mot, elle alla chercher son père qui parut bientôt en manches de chemise, la face couverte de savon et un rasoir à la main. La démarche inusitée d'Ellenor jetait évidemment une grande confusion dans les idées de ce gigantesque porte-clefs. « Comment, madame ?... Le condamné qu'on doit pendre sous quinzaine !... Mais pour qui me prenez-vous donc, madame ?... Allez trouver le gouverneur,... le gouverneur loge en face. On ne voit les condamnés à mort que sur ordre du sheriff... Croyez-vous que je suis le sheriff ? On vous renverra, sans aucun doute, ... mais allez tout de même, allez chez le gouverneur ! »

Ellenor, bien que désespérant déjà du succès de sa démarche, suivit ce charitable conseil, et fut reçue très-exactement comme on le lui avait prédit. « Eh bien, madame, reprit le concierge, dont la barbe était faite et qui avait revêtu le costume professionnel... vous voyez que j'avais raison. » Sans prendre garde à cette naïve explosion d'amour-propre, elle fit le tour de la vaste prison et alla s'asseoir sur un banc du cimetière qui la domine. On a de là sous les yeux le panorama de la petite ville d'Hellingford, — vue admirable, au dire des habitants ; mais Ellenor ne détacha pas un instant ses yeux des murailles grises derrière lesquelles un pauvre homme comptait, heure par heure, ce qui lui restait de temps à passer ici-bas.

De temps à autre, la fatale nuit de mai lui revenait comme une vision. Ses yeux sondaient l'obscurité, guettaient le premier rayon de l'aube ; elle voyait les lanternes passer ou s'arrêter dans les ténèbres ; elle écoutait la respiration forte et hâtée de ces deux fossoyeurs improvisés, le bruit des branches qu'ils froissaient en allant ou venant, le son rauque de leurs voix quand ils échangeaient au passage quelque communication rapide.

Tout à coup ses oreilles perçurent un autre son ; c'était l'horloge d'une église qui sonnait huit heures. À huit heures M. Johnson avait promis de la recevoir ; elle se hâta de rentrer. Le digne *attorney*, à qui sa ponctualité ordinaire fit défaut en cette occasion, n'était pas encore visible. Quand il parut, au bout d'un quart d'heure, Ellenor se sentit tenue à lui demander excuse du dérangement qu'elle lui causait — « Mais, savez-vous ? ajouta-t-elle par manière d'apologie, cet homme ne doit pas mourir. »

Il trouva passablement étrange une pareille déclaration de principes, et, fixant sur sa cliente un regard quelque peu trouble, où se retrouvaient quelques vestiges du festin de la veille : « Eh bien, ma chère demoiselle, si vous ne voulez absolument pas qu'il meure, répondit-il avec l'accent paternel des grandes personnes qui se plient au caprice d'un enfant,… le jury, c'est vrai, ne l'a point recommandé à la clémence royale, mais M. Corbet a glissé dans la sentence une ou deux allusions à la possibilité d'un pardon… C'est du moins ce qu'il m'a semblé comprendre…

— Je vous répète, monsieur Johnson, que cet homme ne doit pas mourir ainsi, et que vous ne verrez pas se commettre une aussi criante iniquité… À qui dois-je m'adresser ? »

L'homme d'affaires apparut tout entier dans le regard que son interlocuteur jeta sur elle : « Vous avez donc les éléments d'une enquête supplémentaire ?…

— Passons là-dessus… et mille pardons, répondit-elle… mais veuillez me dire à qui je dois recourir.

— Au ministre de l'intérieur, sans aucun doute. Seulement vous n'obtiendrez pas une audience de lui pour une affaire de ce genre… Le recours en grâce ne peut être régulièrement introduit que par le président des assises ; dans l'espèce, par le juge Corbet. Voulez-vous me communiquer ce que vous avez à lui révéler ?… je dresserai, dans leur forme voulue, les requêtes et documents nécessaires.

— Mille fois merci !… ce que j'ai à dire ne peut être confié qu'à l'arbitre même par qui la question doit être tranchée… Croyez bien que vous ne me conseilleriez pas autre chose si je pouvais vous mettre plus complètement au courant. »

L'attorney se garda bien d'insister : « Fort bien, chère demoiselle. Vous apportez sans doute de nouveaux éléments à la procédure terminée ?… Allez voir le juge, il comparera vos allégations à ses notes d'audience, et si elles concordent, bien disposé comme je le crois, en faveur, du condamné… Mais, au fait, vous avez pu le connaître jadis… Il étudiait, à Hamley, sous la direction de votre ami, le docteur Ness.

— Comment pourrais-je voir Dixon ? repartit Ellenor sans répondre à cette dernière observation… On prétend qu'il faut un ordre du sheriff.

— Naturellement… mais le clerc des magistrats dînait hier au soir chez moi… Il m'a promis d'obtenir cet ordre et doit vous le faire passer ayant dix heures. »

L'ordre arriva effectivement avant que le déjeuner fût terminé. M. Johnson proposa d'accompagner Ellenor et l'avertit que, suivant la règle, un des geôliers devait être en tiers dans toute entrevue d'un étranger avec les condamnés à la peine capitale. — « Maintenant, ajouta-t-il, quand ce tiers importun veut se montrer obligeant, il se tient à distance et n'écoute point. Or, toute obligeance se paye, et je me charge de négocier cette petite affaire. »

Le porte-clefs chargé de guider Ellenor lui fit traverser de vastes préaux et un long corridor, à l'extrémité duquel, — après qu'on avait passé devant maintes et maintes portes verrouillées, — se trouvaient les cellules des condamnés. Ce corridor était parfaitement éclairé, parfaitement propre : chaque porte avait son guichet grillé. Le porte-clefs ouvrit celle où était le malheureux Abraham Dixon.

Assis sur le bord de sa couchette, dans une oisiveté absolue, la tête penchée, le corps plié en deux, le prisonnier avait entendu ouvrir sans même jeter un regard sur la personne qui entrait. Le porte-clefs s'avança, et lui posant la main sur l'épaule : — « Allons, mon brave, réveillez-vous, lui dit-il en le secouant légèrement. Bon accueil aux amis qui viennent vous voir ! » Puis, se tournant vers Ellenor : « Il y en a comme cela, pour lesquels la condamnation est un coup d'assommoir ; il y en a aussi qui se démènent en vraies bêtes fauves, quand ils ont perdu toute espérance. »

Après quoi notre homme regagna le couloir, où, — laissant la porte ouverte, de manière à tout voir si bon lui semblait, — il prit soin de ne jamais regarder du côté de la cellule, affectant en outre de siffler un petit air qui ne lui laissait rien entendre : une demi-guinée l'avait rendu aveugle et sourd.

Dixon regarda Ellenor, puis baissa les yeux. Un certain tremblement de tous ses membres attesta seul qu'il l'avait reconnue. Elle s'assit près de lui, et dans ses mains délicates prit les mains calleuses du vieillard, caressant leurs doigts ridés, sur lesquels, de temps à autre, tombait une larme brûlante.

« Allons, demoiselle, ne vous tourmentez pas tant !... Après tout, cela ne s'est point si mal arrangé.

— Que voulez-vous dire ?... Croyez-vous que pareille iniquité puisse être consommée ?...

— Mon Dieu, chère miss, je suis un peu las de vivre... J'y ai pris grand'peine et grand effort... M'est avis qu'on est tout aussi bien avec Dieu qu'avec les hommes. Songez donc que je m'étais attaché à votre brave père, depuis sa toute première enfance ; il me traitait en frère et me confiait toutes les misères qu'on lui faisait à l'école. Après Molly Greaves, personne que j'aie mieux aimé. De samedi en huit, je les reverrai tous les deux,... et je laisserai ici quelques regrets, j'en suis bien certain, quoique je n'y aie pas rempli tous mes devoirs.

— Vous savez pourtant, Dixon, que vous ne fûtes pour rien dans ce...

— Dans ce meurtre, comme ils l'appellent, interrompit-il, voyant qu'elle ne pouvait se décider à finir la phrase... Un meurtre !... n'importe qui l'ait commis, je soutiens, moi, que ce n'était pas un meurtre...

— Il faut pourtant que chacun réponde de ses œuvres... Je pars cette après midi-pour Londres ;... je vais voir le juge et tout lui révéler.

— Vous auriez tort, demoiselle. Il ne faut pas que vous vous abaissiez devant ce monsieur... ce monsieur qui vous a laissée dans l'embarras, dès que le chagrin et la honte semblèrent vous menacer. »

Pour la première fois, à ces mots, il la regarda. Mais elle poursuivit, comme si ce regard attentif et triste eût été perdu pour elle...

« Oui... je sais à qui j'ai affaire, et je n'en irai pas moins le trouver. Après tout, mieux qu'un étranger, il est à même de nous venir en aide, et, en songeant à vous, à votre fidèle amitié, je puis bien oublier tout le reste.

— Allez, allez, il est bien vieilli. Sous sa grande perruque grise, on lui aurait donné soixante ans. À peine si je le reconnaissais… Je lui ai pourtant adressé un regard, un seul, qu'il a dû comprendre. C'était comme pour lui dire : — Oh ! mylord juge, on en sait de belles sur votre compte… — Je ne suis pas bien sûr, cependant, qu'il y ait pris garde. Mais c'est, je suppose, en souvenir de notre ancienne connaissance, qu'il a presque promis de me recommander à la clémence de la reine. La clémence, une belle chose,… mais j'aimerais mieux la mort… Oui, demoiselle, car cet homme que vous voyez là-bas m'a expliqué ce que c'est… Le pardon de la reine vous envoie à Botany-Bay. On vous tue ainsi en détail, et pouce par pouce. Moi, du moins, je suis bien sûr de mourir à la peine. Autant vaut s'en aller de suite que d'achever ses jours parmi toutes ces brebis galeuses. »

Là-dessus il se remit à trembler. L'idée de la transportation, de par son mystérieux prestige, l'effrayait réellement plus que la mort : d'une voix plaintive, il reprit presque aussitôt :

« Tâchez, demoiselle, qu'on ne m'envoie point à Botany-Bay !

— Vous n'irez point, répondit-elle avec une bizarre confiance… Vous ne sortirez d'ici que pour venir habiter chez moi, je vous le promets : entendez bien ceci, je vous le promets. Fiez-vous à ma parole… Quant à Botany-Bay, ne vous en tourmentez point… Si vous y allez, j'irai de même, … mais je suis sûre qu'on ne vous y enverra point… Encore une fois, dans cette malheureuse nuit, ce que vous avez fait, je l'ai fait aussi… et si l'on vous punit je dois être punie comme vous… Mais non, il faudra bien que tout revienne à bien, autant du moins que le permettront les ineffaçables souvenirs de ce temps-là… »

C'était à elle-même que ces derniers mots semblaient adressés. Ils restèrent ensuite assis en silence, la main dans la main.

« Je savais que vous viendriez, reprit Dixon… Je suppliais Dieu de vous ramener, si loin que vous fussiez ; j'avais dit au chapelain que je demanderais d'abord à me repentir puis à vous revoir une fois encore. Et Dieu ne pouvait me refuser, à moi qui n'ai pas connu, depuis le mal fait, une minute de calme. »

Ils retombèrent encore dans un silence absolu. Ellenor brûlait de se mettre à l'œuvre, et pleurait intérieurement chaque minute perdue ; mais elle sentait aussi combien sa présence apportait de consolation au prisonnier, et se serait fait scrupule de le quitter avant le terme assigné à leur conférence. Le vieillard allait, parlant toujours sur un mode plus plaintif, et dans l'intervalle d'un propos à l'autre on eût pu le croire sous l'influence d'une espèce de somnambulisme, mais il ne lâchait pas la main d'Ellenor, comme s'il avait peur de voir s'effacer une brillante vision

L'heure enfin s'écoula. Le porte-clefs se montra sur le seuil, indiquant par sa présence même que le moment de la séparation était venu. « Je reviendrai demain, dit Ellenor. Dieu vous garde et vous réconforte ! »

Puis elle s'élança hors du cachot, hors de la prison, et rentra chez son hôte à qui elle demanda simplement les indications indispensables pour les démarches qu'elle allait tenter. Dans la soirée, à huit heures passées, elle descendait à l'embarcadère du *Great-Western.* Là elle s'aperçut d'un oubli facile à réparer. Elle avait omis de demander où il fallait aller trouver M. Corbet. Elle chercha dans le *Post-office directory* l'adresse particulière de ce personnage officiel. Dès qu'elle eut ce renseignement, elle envoya un des garçons de l'hôtel, chargé de savoir si le juge serait chez lui dans la soirée. La réponse arriva bientôt. Le juge et lady Corbet dînaient en ville.

Lady Corbet… ces deux mots sonnèrent étrangement aux oreilles d'Ellenor. Ils ne lui apprenaient rien, mais on eût dit qu'ils l'arrachaient à quelque rêve. Cette nuit-là, d'ailleurs, elle ne put s'endormir, et au lieu de songer à la conférence du lendemain, elle se livra tout entière aux souvenirs de sa jeunesse disparue. Ils reprirent peu à peu leur empire sur elle, à ce point qu'elle voulut revoir un à un les menus objets de ce trésor abrité dans la vieille écritoire, le morceau de batiste finement cousu, la boucle dorée de la petite sœur morte, la lettre commencée pour M. Corbet. Elle en relut les deux dernières lignes : « De mon lit, de mort, écrivait M. Wilkins, je vous conjure d'être pour elle un ami… je vous demanderai pardon pour tout ce dont vous avez à vous plaindre… »

— Emporterai-je ce papier ? se demanda-t-elle… Oui certes, et dût-il ne me servir à rien… ce qui est probable, après que je lui aurai révélé… Tout est si changé entre nous, si complètement anéanti, que je n'éprouverai aucune honte à ne lui rien déguiser de ma participation à cette espèce de crime… Et d'un autre côté, cette humble supplique de mon pauvre père doit l'amener à penser plus favorablement d'un homme qui, malgré leur désastreuse querelle, n'avait jamais cessé de lui être attaché…

Ses nerfs étaient si ébranlés par cette veillée pleine d'angoisse, qu'elle faillit s'écrier, une fois devant la porte du juge Corbet, au bruit du marteau que le cocher du *cab* faisait retentir à coups redoublés. Elle descendit à la hâte, avant que personne se fût dérangé pour ouvrir, paya double course à l'homme qui l'avait amenée, et attendit, tremblante, humble, le cœur malade, qu'on l'introduisît chez l'important magistrat.

XIV

Le valet de pied qui vint ouvrir toisa d'un œil curieux la matinale visiteuse, et ce fut avec une sorte de familiarité qu'il lui répondit tout d'abord : « Le juge est chez lui, cela va sans dire... Quant à vous recevoir, c'est une autre affaire... Simmons, ajouta-t-il en s'adressant à une femme de chambre qui traversait le vestibule, pensez-vous que le juge soit levé ?

— Le juge ?... il est à sa toilette, depuis une demi-heure... On va servir le déjeuner, madame descend.

— Vous voyez, madame... N'aimeriez-vous pas mieux revenir un peu plus tard ? demanda le valet à Ellenor, plus émue et plus intimidée que jamais.

— Non... Je préfère attendre, dit-elle avec douceur... Je n'ai pas mes cartes sur moi ; mais je suis certaine d'être reçue si vous portez mon nom au juge Corbet. Miss Wilkins, ceci suffira...

— À votre aise. Veuillez donc vous asseoir là !... Il faut que je mette le déjeuner sur table... »

Il désignait à Ellenor une des banquettes du vestibule, car ce nom de miss Wilkins, accompagné d'une toilette modeste, la lui faisait prendre pour la fille de quelque fournisseur. Puis, hélant un page[1], il le chargea d'aller dire au juge que miss Wilkins demandait à lui parler. Le page grimpa, toujours courant, jusqu'à la porte du cabinet où le juge achevait sa toilette. « Miss Jenkins, cria-t-il, demande à voir monsieur.

— Comment dites-vous ?

— Miss Jenkins… Elle assure que son nom vous est connu.

— Pas le moins du monde : faites attendre. »

Ellenor attendit donc, et pendant qu'elle attendait, une robe de soie, balayant à grand bruit l'escalier, annonça lady Corbet qui descendait avec une majestueuse lenteur, portant sur le bras un bel enfant, et suivie à six marches de distance par une bonne, non moins digne, non moins grave qu'elle. Il parut déplaisant à cette altière personne que l'on se permît de venir ainsi disputer à son mari les rares moments de loisir qu'il pouvait accorder aux douceurs de la vie domestique, et son humeur d'enfant gâtée, sa hauteur impérieuse ne lui inspirèrent aucune parole obligeante, — pas même le plus simple mouvement de politesse, — envers cette douce créature, épuisée de fatigues et d'angoisses, qui attendait patiemment quelques minutes d'audience. Elle passa au contraire, la toisant de haut en bas, tandis qu'Ellenor sous le regard superbe de ces grands yeux noirs baissait humblement le sien. Le cortége domestique disparut ensuite dans la vaste salle à manger où les apprêts du déjeuner se faisaient encore entendre.

Le juge ne pouvait maintenant tarder beaucoup. Ellenor, par un mouvement instinctif, baissa son voile. Elle entendit, elle reconnut de reste, l'allure vive et saccadée de l'homme qu'elle était venue chercher.

À peine son rapide et subtil regard s'était-il porté sur la personne assise dans son antichambre, qu'en dépit du voile, en dépit du costume de voyage, il la reconnut sur-le-champ. « Donnez-vous la peine d'entrer ici, » lui dit-il aussitôt, en ouvrant pour elle la porte de son cabinet de travail, laquelle donnait aussi sur le vestibule.

Puis, en homme qui sait tirer parti de tout, il se plaça le dos à la fenêtre, ce qui lui laissait voir en pleine lumière le visage de cette visiteuse inattendue. Ellenor releva son voile. Elle ne l'avait baissé, dans le fait, que pour épargner au juge la contrariété d'avoir à s'excuser, dans le vestibule même, de l'y avoir ainsi laissée.

« Ellenor... miss Wilkins, est-ce réellement vous ?... » Et, moins préparé qu'elle à pareille entrevue, il semblait le moins embarrassé des deux au moment où, s'avançant vers Ellenor, il lui tendait cordialement la main. Était-il au fond si à son aise ? On pourrait en douter, malgré l'assurance de son maintien, et la courtoisie avec laquelle il expliquait, en la rejetant sur ses domestiques, l'erreur dont miss Wilkins avait à se plaindre. « Vous allez, continua-t-il, nous faire l'honneur de déjeuner avec nous... Lady Corbet sera heureuse de vous voir... » À ce moment, l'idée de cette présentation qui mettrait son ex-fiancée en face de sa femme actuelle, lui parut d'une gaucherie impardonnable ;

on aurait pu s'en apercevoir à la précipitation de son débit. Mais Ellenor le tira bientôt de peine.

« Je vous remercie, lui dit-elle avec cette douceur d'organe qui prêtait un charme à ses moindres paroles... Vous excuserez mon refus... Si ce n'eût été pour affaires pressantes, je ne me serais point permis de venir vous déranger à une heure pareille... Je viens vous parler du pauvre Dixon.

— Eh bien, je m'en doutais, » dit le juge qui lui offrit un fauteuil et s'assit lui-même.

Il voulait à toute force se restreindre à parler affaires ; mais malgré sa force de caractère, employée en vain, le son de cette voix évoquait devant lui les réminiscences du passé. Il se demandait s'il était aussi changé qu'elle lui avait semblé l'être, lors de ce premier regard qui malgré tout l'avait reconnue. Depuis lors, sans trop s'en apercevoir, il évitait volontiers que leurs yeux vinssent à se rencontrer.

« Je m'en doutais, reprit-il ; quelqu'un, cependant, à Hellingford, m'avait conté que vous étiez sur le continent, à Rome si je ne me trompe... Après tout, il ne faut pas vous affecter outre mesure. La peine capitale ne saurait manquer d'être commuée en transportation... ou quelque chose d'équivalent. J'en parlais justement hier soir au ministre de l'intérieur. Le temps écoulé depuis le crime, et la bonne conduite subséquente du condamné, ne rendent pas admissible que l'arrêt reçoive son entière exécution. »

Tandis qu'il parlait ainsi, de bien autres pensées occupaient pour ainsi dire l'arrière-plan de son intelligence, — quelque curiosité, un peu de regret, une nuance de repentir, et certaines conjectures ambiguës sur le tour que prendrait la présentation devenue inévitable de lady Corbet et d'Ellenor. Néanmoins il s'exprimait toujours avec la même lucidité, sans rien laisser deviner de cette distraction intérieure.

Ellenor répondit :

« Je suis venue vous attester(ce qu'il m'eût été permis de faire à l'égard de tout autre magistrat, avec la pleine certitude du secret), je suis, dis-je, venue vous attester qu'Abraham Dixon n'a jamais porté une main homicide sur la personne de M. Dunster. »

Le juge arrêta sur elle un regard scrutateur.

« Alors, dit-il, vous savez qui est l'assassin ?

— Je le sais, » répliqua-t-elle fort bas mais d'un ton ferme, en le regardant droit au visage, de ses yeux tristes et, pour ainsi dire, solennels.

La vérité apparut au juge, comme un jet de lumière soudaine. Il cacha sa tête dans ses mains et, pendant une minute ou deux, resta perdu dans ses réflexions. Puis sans lever les yeux, avec un organe dont l'émotion atténuait le timbre sonore.

« C'est donc là, murmura-t-il, cette honte dont vous me parliez naguère ?

— Oui, » dit-elle.

Un profond silence s'établit entre eux : il permit d'entendre, à travers les portes volantes qui les séparaient de la salle à manger, une voix perçante, impérieuse, qui enjoignait aux domestiques de remporter le déjeuner de monsieur.

« Qu'on le tienne chaud, ajouta la voix, s'élevant de plus en plus avec une intention marquée. On ne comprend guère l'importunité de certaines gens... Ignore-t-on que le juge reçoit les plaideurs à heure fixe ? Faut-il qu'on vienne le relancer ainsi jusque dans son intérieur ? »

M. Corbet se leva vivement et passa dans la salle à manger. Évidemment il avait quelque peine à réprimer l'irritation de son altière moitié. À son retour, Ellenor lui dit :

« Il me semble que j'ai eu tort de venir à cette heure.

— Allons donc, vous n'y songez pas, » répliqua le juge avec un reste d'impatience contenue. Puis il reprit le siège qu'il venait de quitter.

« Je crois, continua-t-il, que j'ai deviné. Laissez-moi donc abréger, autant que possible, votre supplice... Le meurtrier, c'est votre père. Dixon a connu le crime et n'a point voulu en trahir l'auteur.

— À part ce mot de crime qui ne saurait s'appliquer à un acte irréfléchi, à l'élan d'une irritation longtemps comprimée, vos conjectures sont justes.

— Quelles circonstances vous autorisent à définir ainsi l'attentat commis sur ce Dunster ?

— Je suis survenue alors qu'il venait d'expirer… J'ai reçu les aveux du coupable, au moment même où, en face du cadavre, livré au désespoir le plus poignant, il ne songeait certes à me rien cacher.

— Dixon a tout au moins été son complice… Que signifie cette lancette de vétérinaire déterrée sur le théâtre du… de l'événement ? acheva-t-il, pour ne pas répéter un mot qui blessait le cœur d'Ellenor.

— Elle signifie que Dixon, appelé par mon père, a cru pouvoir ranimer, par une saignée, le malheureux étendu à leurs pieds. »

Le juge n'ajouta pas une question. Il s'était jeté sur une plume, et traçait, avec une rapidité fiévreuse, deux notes rédigées d'après les données qu'Ellenor venait de lui fournir. Puis, plus posément, mais en moins d'un quart d'heure, il les résuma dans un document revêtu de toutes les formes légales. Ellenor ne pouvait s'empêcher d'admirer cette promptitude, cette sûreté d'appréciation, ce dédain magistral de toute minutie, cette aisance parfaite dans l'exercice des fonctions les plus hautes et en face de la responsabilité la plus lourde. À peine lui adressa-t-il, au courant de son travail, deux ou trois questions sans importance apparente.

« Signez maintenant, lui dit-il, en posant la plume à portée de sa main.

— Ceci, j'espère, n'est pas destiné à la publicité ? lui demanda-t-elle avec une certaine hésitation.

— Nullement. Je m'arrangerai pour que le ministre de l'intérieur en ait seul connaissance.

— Merci. Au point où les choses en étaient venues, il ne me restait aucun moyen d'éviter cette révélation.

— Je n'ai pas rencontré beaucoup d'hommes pareils à ce Dixon, ajouta le juge, comme se parlant à lui-même, tandis qu'il apposait son cachet sur l'enveloppe destinée au ministre.

— Non, dit Ellenor… Je n'en ai jamais connu d'aussi fidèles. »

Elle n'avait pas achevé sa phrase, qu'une même idée s'offrit à tous deux : l'idée d'un homme moins fidèle, à qui ces mots pouvaient être appliqués comme un reproche indirect.

« Ellenor, reprit le juge après une pause de quelques instants, nous sommes toujours amis ?

— *Amis* toujours, et pour toujours, » répondit-elle en soulignant d'un triste sourire le mot : *amis*.

Il resta au juge, de cette réponse, une pénible impression. Pourquoi ? C'est ce qu'il n'aurait pu dire. Afin de la dissimuler, il reprit courageusement la parole.

« Vous vous rendez maintenant ?…

— À Chester.

— Mais vous venez sans doute quelquefois à Londres… Veuillez nous en avertir, et lady Corbet se fera un plaisir de vous aller chercher... Si même vous daigniez me le permettre, je vous conduirais de suite auprès d'elle.

— Encore une fois merci... Je retourne directement à Hellingford... Aussitôt, du moins, que vous aurez pu me faire délivrer le pardon accordé à Dixon. »

Le magistrat ne put retenir un léger sourire, provoqué par cette ignorance absolue des formalités officielles.

« C'est au sheriff, dit-il, au sheriff chargé de l'exécution, que l'ordonnance de grâce doit être adressée... Il la recevra, soyez-en sûre, aussitôt que possible... Comptez d'ailleurs que c'est chose faite.

— Je ne saurais vous remercier assez... Vous vous êtes montré la bonté même, et je suis heureuse de vous avoir revu, dit Ellenor se levant... Ceci de plus, ajouta-t-elle rougissant, hésitant quelque peu... Veuillez jeter les yeux sur ce papier... Il a été trouvé sous l'oreiller de mon père, immédiatement après sa mort... Il a trait à des choses... bien passées, mais il vous fera peut-être penser plus favorablement de ce pauvre père... »

Le juge avait pris le fragment de lettre, et il le lut rapidement.

— Malheureux homme, dit-il enfin, le replaçant sur la table... Il a dû bien souffrir à la suite de cette nuit fatale... Et vous donc, Ellenor ! »

Oui, certes, elle avait souffert, et — bien qu'il feignît de l'oublier, — celui qui la plaignait ainsi n'était pas la moindre cause de ses souffrances. Elle ne répondit que par un léger hochement de tête. Puis elle le regarda, — maintenant ils étaient debout, presque face à face, — et, le regardant, elle lui dit :

— Si je ne me trompe, je serai désormais moins à plaindre. Jamais je n'ai douté que cette désastreuse affaire ne finît par éclater… Maintenant, laissez-moi vous remercier encore, et recevez mes adieux… Cette lettre, je puis l'emporter, n'est-ce pas ? continua-t-elle en jetant un regard avide sur ce débris de papier auquel le juge ne semblait attacher aucun prix.

— Certes, certes, » dit-il, et il prit la main qu'elle avait étendue vers la table. Il retenait cette main, et regardait ce visage qui lui était tout d'abord apparu si altéré par le temps. En ce moment, je ne sais par quel mirage, il la retrouvait à peu près tel qu'il l'avait connu jadis. Même regard, doux et timide ; même fossette indiquée plutôt qu'inscrite sur la joue veloutée, où un léger mouvement de fièvre appelait quelques nuances d'un rose longtemps étranger à ce pâle visage. Tout marié qu'il était à une beauté reconnue, le juge se demanda involontairement s'il ne préférait pas cette douleur calme, cette toilette sobre et presque pauvre, à l'imposant visage qu'il venait de laisser dans la pièce voisine, empourpré d'un orgueilleux dépit. Au moment où Ellenor allait sortir, il soupira presque de regret. Le poste éminent qu'il avait souhaité si ardemment, et pour lequel il avait tant combattu, il l'occupait enfin ; mais au prix de quel sacrifice !… Et son ambition pleinement satisfaite ne l'empêcha pas de souhaiter, pendant un instant, qu'il lui fût permis de ressusciter la victime immolée sur l'autel d'un insatiable avenir.

On replaça devant lui son déjeuner, tout fumant ; mais il n'y toucha point, et bien qu'il feignît de parcourir le numéro du *Times*, il ne lut pas un mot des articles, si nettement imprimés, qui lui passaient sous les yeux. Sa femme, pourtant, continuait à récriminer contre l'indiscrétion de la visiteuse inconnue. Inconnue, disons-nous, car le juge avait pris la précaution d'estropier le nom d'Ellenor, en vue des rapports ultérieurs qui pourraient s'établir entre les deux dames.

Miss Monro était déjà rendue à Hellingford quand notre voyageuse y revint. — Le chanoine Livingstone, en arrivant à Chester, s'était hâté de l'expédier, disait-elle ; — mais la bonne institutrice n'ajoutait pas qu'en l'expédiant, il avait absolument voulu l'accompagner, prévoyant qu'Ellenor, en pareille passe, n'aurait pas trop de tous ses amis. Celle-ci, jadis, se serait probablement formalisée d'une attention si compromettante ; mais les temps et les cœurs peuvent changer, on le sait de reste, et miss Monro en fut pour ses frais de dissimulation.

Il s'agissait d'obtenir pour le soir même une entrevue avec Dixon. M. Johnson ne voulut jamais se laisser persuader qu'il dût solliciter à si bref délai l'autorisation du sheriff. Miss Wilkins ne l'obtiendrait pas, dit-il et d'ailleurs il faut éviter à tout prix qu'elle donne au malheureux condamné des espérances peut-être illusoires… Attendons à demain, et que miss Wilkins, d'ici là, consente à prendre quelque repos. »

Miss Monro revint avec ce refus poli dont elle craignait l'effet sur la pauvre Ellenor, qu'elle avait laissée aux prises avec une extrême agitation. Elle la retrouva comme engourdie par un sommeil involontaire. À peine ouvrit-elle les yeux pour écouter ce que lui disait son amie, et tout au plus parut-elle la comprendre. Le voyage rapide et contrarié, les soucis incessants, les brusques péripéties avaient enfin triomphé d'elle. Aussi, le lendemain matin, quand arriva l'ordonnance qui autorisait la mise en liberté du pauvre Dixon, quand le sheriff se fit un devoir d'en aviser miss Wilkins en lui expédiant la permission nécessaire pour qu'elle annonçât elle-même la bonne nouvelle à son heureux protégé,… tout ceci demeura ignoré d'Ellenor, qui, pendant plusieurs jours, plusieurs semaines encore, se trouva incapable de toute action, voire de toute pensée.

Ce fut au commencement de juin, par une tiède soirée d'été, que miss Monro entendit une voix faible l'appeler auprès du lit sur lequel sa chère malade s'était quelque temps débattue entre la vie et la mort : « Où est Dixon ? lui demanda Ellenor.

— À Bromham ; chez le chanoine. »

Bromham était la paroisse du docteur Livingstone.

« Pourquoi cela ?

— On a pensé que le changement d'air et d'entourage lui serait bon.

— Il va bien ?

— De mieux en mieux… Vous le verrez aussitôt qu'il vous saura guérie. »

Ellenor, rassurée, n'en demanda pas davantage et se rendormit aussitôt de lassitude et de faiblesse.

Une fois à peu près rétablie, elle n'eut rien de plus pressé que de quitter Hellingford, pour rentrer dans cet Enclos de Chester, où elle avait goûté, dans le voisinage dé l'imposante cathédrale, un calme si complet et si doux ; ce fut là qu'elle revit Dixon : Livingstone le lui amena. Tous deux placèrent le vieillard dans un grand fauteuil de malade, tout exprès disposé par Ellenor, qui, presque agenouillée devant ce fidèle serviteur, lui demandait d'oublier, de pardonner toutes les souffrances qu'il avait endurées pour l'amour d'elle. Il la regardait avec une surprise attendrie et ne lui refusa pas un moment de poser sur son front, pour y appeler les bénédictions d'en haut, ces mains qu'avait en quelque sorte sanctifiées un martyre volontaire. Épuisé par cet effort, il retomba sur son siége, et tour à tour, regardant Ellenor, puis le digne chanoine : « Celui-ci, dit-il, celui-ci est un brave homme,… bien meilleur que l'autre, vous pouvez m'en croire.

— Pensez-vous donc que j'en doute ? » répondit simplement Ellenor.

. . . .

Si vous veniez à traverser le village de Bromham, et si vous jetiez un coup d'œil par-dessus la haie de lauriers qui sépare de la grand'route le jardin du recteur, vous verriez, — par quelque belle journée d'été, — un bon vieillard, blanchi par l'âge, assis sur un fauteuil d'osier à la marge d'une verte pelouse. Appuyé sur un bâton, il relève rarement la tête ; mais, sans qu'il se donne cette peine, ses yeux sont au niveau de deux petites têtes blondes, qu'il ne perd guère de vue dans leurs jeux, et qui viennent de temps à autre, avec une entière confiance, lui déférer l'arbitrage de leurs innocents démêlés. Ces deux beaux enfants ont appris à bégayer son nom en même temps que celui de leur père et de leur mère.

Il est rare que miss Monro ne soit pas là, près du vieux Dixon. Bien qu'elle ait gardé pour quartier d'hiver la petite maison de l'Enclos, elle vient, en général, passer l'après-midi dans la modeste *villa* du docteur Livingstone.

FIN

1. ↑ Le *page* fait encore partie de la domesticité anglaise. C'est un apprenti valet de chambre. On le reconnaît à sa veste à la hussarde, ornée de trois rangs de boutons. (*N. du T.*)